La Fea Burguesía
— EDICIONES —

RAMONA LÓPEZ GÓMEZ

LA SOMBRA DEL PERRO

La Fea Burguesía
— EDICIONES —

MURCIA, 2024

La editorial es consciente de la necesidad
de los recursos naturales para consumir cultura
y de la colaboración en la conservación del medio ambiente.
Así pues, por la impresión de este libro,
ha plantado un olivo (*Olea europaea*) en el paraje
de El Horno en Cieza (Murcia)

«La sombra del perro»
© Ramona López Gómez, 2024
© La Fea Burguesía Ediciones, 2024
Grupo Editorial Tres y Libros, SL
Murcia, España.
www.lafeaburguesia.es

Diseño cubierta y maquetación: Fernando Fernández Villa
Imagen cubierta: Malika Favre

Primera edición: septiembre de 2024

ISBN: 978 84 128591 5 7
Depósito legal: MU 992-2024

Printed in Spain - Impreso en España

Índice

A mi madre

A mi padre, *in memoriam*

La derrota tiene una dignidad
que la ruidosa victoria no merece
Jorge Luis Borges

UN ROTO PARA UN DESCOSIDO

En el verano de 1999, sin darme cuenta, me enamoré de un hombre al que le faltaba el brazo izquierdo, supongo que tuvo que ver con que soy tuerta del ojo derecho.

Con el paso de los días pude constatar que no era el brazo izquierdo lo único que le faltaba, pero cuando vine a darme cuenta ya no tenía remedio: me había enamorado como sólo se puede enamorar una colegiala tuerta.

De entre las cosas que le faltaban, lo más llamativo (¿Cómo pude haberlo pasado por alto?) era que su vocabulario carecía de *por favor*, tampoco tenía *perdón* ni mucho menos *gracias*. Y aunque exhibía una gran profusión de *dame,* así como de *tengo* y de *soy*, no había en él ni rastro de *qué te pasa*, de *cómo estás, cariño* o de *qué puedo hacer por ti*.

Todo ocurrió en un verano pegajoso de calor y moscas. La arena ardía y sobre el mar flotaban bolsas o medusas. Mi tumbona estaba al lado de la suya en la playa. Me pidió fuego y, aunque no fumo, fui a buscar un mechero al chiringuito cercano. Encendió su cigarrillo con un gesto

que quise creer que era de seducción: se llevaba el cigarrillo a la boca con su mano derecha y
hacía círculos con el humo mientras me miraba
de arriba abajo como sopesando la mercancía.
Desde su sitio no veía mi cuenca vacía, desde mi
sitio no veía su brazo ausente.

Cuando cayó el sol y recogimos para irnos
todo estaba decidido; las mutilaciones ya nos
daban igual, creo que incluso convienen a nuestra relación porque con mi ojo único sólo veo la
mitad de sus defectos y el brazo que le falta no
me golpea.

EL CHIRU

El Chiru era muy bajito para su edad y tenía la cabeza gorda y pelada, con varios costurones blanquísimos, producto de pedradas a traición. Empezaron llamándole Dani el Chirucas que abreviando se quedó en Chiru. El mote se lo pusieron el año que su madre se fue con uno que llevaba un puesto de golosinas y algodón de azúcar por las ferias. Decían que ganaba mucho dinero. Al Chiru, su padre le llevó todo aquel año con chirucas al colegio porque decía que así no necesitaba calcetines. Cuando sacaba los pies de las botas parecía que los hubiera tenido a remojo todo el día si el olor no lo hubiera desmentido. El padre se llamaba Cristóbal y era pocero. Se traía la comida de casa de su hermana Antonia antes de recoger al Chiru del colegio. Jugaba con el hijo tirándose al suelo y peleando con él como si tuviera siete años, que era la edad del niño. ¡Cómo se reían! Dormían juntos en la cama de matrimonio mezclando bajo el calor de las mantas el hedor a pies de ambos con la transpiración etílica del padre. El niño se enganchaba a la espalda del padre como un koala y este acariciaba la mano infantil sobre su hombro hasta que se dormía. A Cristóbal le hacía gracia llamar al Chiru a voces: ¡hijo... hijo... hijoputaaaa! Otras veces, muchas, a Cristóbal se le iba la mano convidándose en el bar Alameda después de trabajar y no recogía al niño. Este ya lo sabía y se iba directo al Alameda.

—Papá, ¿y yo qué?

—¡Paco, ponle a este una empanada y un bollycao!

El Chiru se iba a su casa comiéndose la empanada y con el bollycao en el bolsillo porque sabía que lo de su padre iba para largo.

Cristóbal se decía a sí mismo que no tenía que beber, pero en cuanto encontraba una excusa mínima, y eso era fácil, se le olvidaba por completo.

Terminó por no recoger al Chiru y el chico se las apañaba como podía. Lo malo era que a varios compañeros de clase les dio primero por reírse de él: ¡Enano, vaya botas, cabezón, chirucas, pelao! Y luego llegaron los empujones y después las pedradas. El cabecilla se llamaba José Ángel, era tan alto que intimidaba y tenía el pelo largo y ondulado. El día que dejaron al Chiru tirado en el patio de recreo de una pedrada en la cabeza, la «seño» Cati llamó a los padres de los agresores. A la mañana siguiente José Ángel llegó a clase con el pelo cortado al cero y la manía contra el Chiru subió de nivel: el hostigamiento se hizo continuo. Al Chiru se le quitaron las ganas de ir al colegio y sólo iba cuando se aburría mucho. La «seño» Cati se preocupó por él y decidió ir a su casa. Ese día su padre había vuelto temprano del Alameda después de una intensa celebración y estaba sentado en el sofá mirando la tele sin verla. Mientras la «seño» Cati le explicaba por qué su hijo no debía faltar a clase, a Cristóbal un ojo se le cerraba y otro se le abría. *Eres muy guapa*, dijo, mientras le agarraba la mano con fuerza y se la llevaba al paquete. La «seño» Cati sacudió la mano como si le hubiera mordido un animal ponzoñoso, se fue y ya no volvió. A pesar de que la «seño» le seguía tratando con mucho cariño, el chico cada vez iba menos por el colegio.

Al Chiru su padre no le dejaba ir al descampado de los yonquis, lleno de colchones asquerosos, jeringuillas usadas, condones, papel higiénico y todo tipo de porquería. Pero aún a riesgo de llevarse una colleja, al niño le gustaba ir por allí por contradecir al padre y porque siempre había alguna pelea. Él se quedaba observándolo todo escondido detrás de un bidón oxidado.

El día que su vida cambió, al descampado no había acudido ningún yonqui. Se sentó apoyando la espalda en el bidón mientras perseguía un escarabajo con un palito. Le sorprendió la llegada de dos hombres, uno pequeño y recio y otro muy alto y delgado, un yonqui que ya antes había visto el Chiru por allí. Los vio discutir sin oírlos. Vio al alto arrugarse y doblar la espalda, empequeñecerse. Vio al pequeño sacar pecho, levantar la barbilla ponerse de puntillas y crecer: tenía una pistola en la mano y con ella le pegó al alto arrugado tres tiros muy seguidos. El yonqui cayó como un gran muñeco desarmado. El pequeño agigantado le arrastró por los pies, parecía no pesar, lo llevó hasta la cisterna abandonada y le tiró allí.

El Chiru no dijo nada de lo sucedido. Tuvo miedo, miedo de que le matara a él, de que matara a su padre. Pero había además otra razón, ahora sabía una cosa que nadie más sabía y ese secreto le hacía sentirse importante: sabía que las pistolas te hacen crecer. Decidió que un día compraría una pistola para ser más alto y para que la próxima vez que uno lo molestara: ¡pam, pam, pam! y a la cisterna.

TEMPORADA DE TOMATE

Nieves tenía siempre la cara llena de manchas rojas. Las mujeres decían que se había puesto feísima y que por eso el marido se iba con otras. Yo no decía nada porque era la más joven, tenía entonces catorce años, pero me parecía que la enfermedad de Nieves era justo al revés de como contaban las compañeras de trabajo, porque yo la veía enrojecer cada vez que se acercaba el marido a darnos una voz. Entonces las rojeces de su cara se encendían como señales luminosas y se quedaban así el resto de la jornada. Al día siguiente los sarpullidos se habían resecado y le picaban ofreciendo un aspecto de tierra devastada. Ella trabajaba frente a mí en la línea, teníamos que retirar los pellejos residuales que el escaldado y el lavado no habían conseguido eliminar en el tomate de pera. Los tomates pasaban frente a nosotras, sobre la cinta transportadora blanca, para ir a caer a un bote de a kilo que otra mujer iba retirando y poniendo en una caja que llevaba luego a la cerradora. Era un proceso anticuado y lento, decimonónico. Cómo no iba a cerrar aquella fábrica.

Hubiera cerrado igual, pero lo que pasó aquella mañana fue definitivo.

Los tomates en la línea y las rojeces en su cara se me confundían al final de la jornada; al cabo de diez horas a veces teníamos ataques de risa por el cansancio. Las de más antigüedad, a las que llamábamos las viejas, se volvían más ruidosas y groseras y, por supuesto, más hirientes. Casi todas tenían envidia de que el encargado se casara un par de años atrás con Nieves, que era «un pan sin sal» y aprovechaban su caída en desgracia para ajustar cuentas.

La Manuelanga, que era su vecina, le gritaba desde la otra punta de la línea:

—¡Nieves, quééé!, ¡qué te hizo tu *marío* anoche en la cama! ¡El somier no se oía!

Y el resto de la línea estallaba en risotadas.

Las rojeces de Nieves palpitaban mientras ella se pasaba por la mejilla el dorso de la mano enguantada con delicadeza de geisha. Permanecía con la cabeza gacha y no contestaba. Al poco rato se iba al aseo.

—*Miá* que *s'ha* puesto fea la Nieves, con lo guapa que era —decía alguna aprovechando su ausencia.

Y Nieves volvía del aseo con los párpados hinchados.

La conversación, por suerte para ella, ya había girado hacia otro tema. Las viejas hablaban a voces de maridos, de hijos, de sus vidas malas, de sus vidas duras. Se casaban con 15, con 17, con 20 años; a los 25 una era ya «moza vieja».

A muchas las habían sacado de la escuela muy jóvenes para mandarlas a trabajar. Cuidaban de su familia, padres y hermanos, antes de casarse; después de casarse seguían haciéndolo. En una ocasión me crucé con Antonia, que iba a preparar la comida a su hermano y su sobrino, que se habían quedado solos porque la madre se había ido con uno que vendía en las ferias. Llevaba los bolsillos del delantal llenos de patatas cocidas e iba sin resuello; al cruzarse conmigo dijo sin detenerse:

—¡Aparta, nena, que si me cruzo hoy con un camión lo atropello!

Eran muy ruidosas. A la hora del almuerzo, si alguna se traía un plátano, las bromas procaces no se hacían esperar:

—Mira, Josefica, ¿la tiene así tu *marío*?

Nieves, sin embargo, era de una timidez que resultaba irritante incluso para mí que era nueva, joven y poco habladora. Pero esa timidez alcanzaba su punto máximo cuando Marcelino se acercaba por la línea pavoneándose y colocándose el paquete de forma ostensible. Entonces Nieves se convertía en un pajarillo que depositaba palabras como ramitas a los pies de su marido. A mí me daban ganas de zarandearla con fuerza y de gritarle: «¿pero a ti qué te pasa?».

Como yo era la más inofensiva de aquel entorno, ella se pegaba a mí para entrar, para salir, para trabajar, para almorzar, lo cual me resultaba pesado y embarazoso, pero nunca hice nada por evitarlo porque me inspiraba al mismo tiempo una compasión infinita. Formábamos una pareja penosa en medio de aquel grupo de mujeres duras como soldados. Las viejas lo contaron y por eso la Guardia Civil me interrogó a mí, con enorme disgusto para mis padres para quienes todo contacto con las autoridades les intimidaba hasta el paroxismo. Mi madre no pudo dormir en una semana y mi padre se mostraba más inquieto y huidizo que de costumbre.

No les pude decir gran cosa, o eso creí yo. Para mí, así lo veo ahora, Nieves era un alma en pena que sobrevivía en aquel medio de puro milagro. Trabajar en la fábrica era lo peor para su dermatitis: el calor, la humedad y el ácido del tomate hacían que al final de la jornada su cara, que había sido tan bella según decían todas, pareciera la de una leprosa. La presencia del botarate de su marido hacía que su síndrome empeorara. Se descomponía cada vez que lo veía acercarse a la línea a echarle la bronca o aún peor, cuando se rozaba con la querida descaradamente y a la vista de todas y de ella. La querida, que se llamaba Juani, trabajaba en las jaulas, unos enormes recipientes redondos de barrotes metálicos donde se colocaban los botes una vez cerrados para meterlos luego en la caldera. Él era un hombre bruto y egoísta que ni siquiera era listo, solo malicioso. Un completo zoquete. Yo le decía:

—Mándalo a la mierda, Nieves. No tenéis hijos. Mándalo a la mierda, ¿qué pierdes?

—¿Qué dices, estás loca? ¿Yo cómo voy a hacer eso?

No, no podía hacer eso. Ella era un conejillo asustado. Yo entonces no comprendía cómo Nieves podía estar con él ni tampoco por qué un hombre como aquel se había unido a una mujer como Nieves porque a Marcelino le iba mucho más el carácter de cualquiera de las otras, descaradas, faltonas, insensibles como él. Pero eso era por mi juventud; ahora, a mis años ya no hay nada de las relaciones humanas que me pueda extrañar. Sin embargo, nunca supe que pasó aquel día. Eso sí que no he podido explicármelo. Por eso digo que no creo haber resultado de ayuda a la Guardia Civil. El caso de todos modos se cerró sin haber sido resuelto.

Aquel día el ritmo de la fábrica había enloquecido. Era agosto y había entrado una bandada de crías como palomas, ninguna mucho mayor que yo, a trabajar en el tomate. La línea iba a tope y a ambos lados de la cinta las mujeres nos amontonábamos hombro con hombro, casi estorbándonos y sin dar abasto apenas a revisar el tomate, que fluía línea abajo en una capa de dos alturas. Unas extendían el tomate y otras repasaban; había codazos, voces, insultos.

Marcelino andaba de las jaulas a la línea como un jabalí en un sembrado, gritando y dando enormes zancadas, descontrolado y rijoso, rozándose sin recato con las chicas recién llegadas que intentaban hurtarle el cuerpo, unas con más éxito que otras.

De manera mezquina me alegré de que fuera la Manuelanga, a la que yo había cogido una manía casi irracional, la que encontrara el cadáver. Salió del aseo y se quedó petrificada al lado de la puerta, su rostro era la máscara del estupor.

—¿Qué pasa, Manuela? —dijo alguien, y en ese momento la Manuelanga empezó a mearse encima, la orina se precipitaba como una cascada piernas abajo empapándole los calcetines, parecía no tener fin; un charco enorme se formó en torno a sus botas. Un grupo de nosotras corrimos en tromba hacía el aseo. Empujamos a Manuela sin la menor consideración, abrimos dando un portazo.

El charco de sangre sobre las baldosas blancas en torno a la cabeza de Marcelino parecía el caldo del tomate que escurría camino a los sumideros.

Perdí de vista a Nieves en todo aquel tráfago. Luego me dijeron que se había desmayado y que se la habían llevado a la oficina.

A Marcelino le habían matado golpeándole con fuerza en la cabeza con la pala de recoger los restos de tomate. Aquella mañana éramos cincuenta y dos personas en la zona, todas mujeres menos el finado, cincuenta y una sospechosas. Cerraron la fábrica, pero a los cuatro días el hedor a tomate podrido se olía en cada casa del pueblo. Al poco volvieron a abrir para retirar la mercancía en mal estado.

Pasamos todas por el cuartelillo. A mí me interrogó un guardia civil muy joven y guapo. Inocente de mí, pensé que yo le gustaba, aunque él únicamente utilizaba sus dotes de seductor para conseguir toda la información posible. Me preguntó por mí; le conté que trabajaba en verano para pagarme los estudios y ayudar a mis padres, aunque tenía beca porque era muy buena estudiante. Le dije que yo no quería quedarme trabajando en la fábrica, que aquello no era para mí, que tenía decidido ir a la universidad. Estaba encantada de hablar con él, pensaba que se interesaba sinceramente por mi vida. Después me preguntó sobre Nieves, su carácter, sus costumbres, sus manías, su relación con el finado (Marcelino perdió su nombre para pasar a llamarse «el finado»). Yo le conté que entrábamos y salíamos juntas, que comíamos juntas, que ella se refugiaba en mí porque todo le causaba sobresalto (ojos de asombro en el guardia), que ella era muy prudente y hablaba poco, que el marido nos trataba a todas a gritos y a ella también, que se sentía mortificada por las compañeras porque Marcelino tonteaba con una que se llamaba Juani. ¿Qué más le podía haber contado? A Juani también la llamaron a declarar. A Nieves la vi al día siguiente en el cuartelillo. Tenía ojos de haber estado llorando mucho tiempo y cara de cansancio, pero su dermatitis había remitido notablemente. No sé si alguien más se dio cuenta.

A los pocos días volvimos a coincidir otra vez en el cuartelillo para continuar con las diligencias. Me alegré de verla. Ese día la encontré mucho mejor y aunque la cara de susto no se le quitaba y tenía aspecto de haber envejecido años, la dermatitis sin embargo había desaparecido por completo. Supuse que tenía que ver con el hecho de no estar ya en contacto con el calor, la humedad y el tomate, pero en todo caso no le dije nada al respecto a aquel guardia civil de sonrisa seductora.

El crimen nunca se esclareció, pero tardó en olvidarse. Recoger huellas en aquel medio donde todo era húmedo y sucio, donde todas calzábamos, con poca variación, las mismas botas, fue imposible. La empresa perdió las ventas, nadie quería comprar el tomate de una fábrica donde se había cometido un crimen sangriento. Cerró, cómo no iba a cerrar, y ahí sigue igual que el último día que trabajamos, sólo que todo es más viejo allí, hasta el aire que la rodea parece avejentado. No le queda ni un cristal y la estructura metálica llora óxido paredes abajo. Sin embargo, las veces que paso por esa calle, que son pocas, todo me parece igual y me veo a mí misma otra vez con catorce años.

Nieves se fue del pueblo, no supe más de ella, tampoco la amistad que nos unía era tan profunda. Me dijeron que se había vuelto a casar, que tenía tres hijos y que apenas salía de casa porque el marido era muy celoso.

Hay cosas que nunca cambian.

LA PEPITA

La llamaban la Pepita. Se travestía. En carnaval no se disfrazaba, se vestía de sí misma porque ese día era legal. Trabajaba en las fábricas de conservas, pero no quería llevar mono de hombre, se ponía un babi como las mujeres y se colocaba en la cinta de repaso del tomate con ellas, una más. Yo la veía pasar por la calle, paso frágil, fingida seguridad. La cabeza muy alta, sin mirar a los lados, como un funambulista por el cable, asustado pero decidido. Llevaba un babi de la fábrica, chanclas y la cola recogida con una pinza de flor. Un gracioso desde la otra acera le gritaba: *¿Ande* vas, Pepita? Y ella recibía como una pedrada en la espalda el nombre en femenino, el suyo, el que le pertenecía. Pero la ofensa está en la intención, no en el nombre, y la intención era ofender. Y ella no contestaba, no se volvía, no miraba, seguía acera adelante por su cuerda floja, con su cabeza alta, su babi, sus chanclas, su flor... Y el gracioso, ya de lejos: «¡adiós, Pepita!».

SALMOREJO CORDOBÉS

Nunca habían tenido nada. Con el dinero de la droga se compraron una casa con piscina. La casa era fea, enorme y destartalada y la piscina estaba llena hasta la mitad de fango y ranas. Pero era una piscina. En un lateral había un pequeño huerto donde la Rafaela cultivaba tomates con esmero. Montó una estructura con cañas y plásticos y se hizo un invernadero en el que conseguía sacar tomates y marihuana la mayor parte del año. Cultivar tomates, hacer salmorejo y vender droga, sus tres especialidades.

Por la misma época le compraron a Luis, el menor, que tenía un ligero retraso mental, una moto de cross, que era lo que tenían los macarras entonces. Cómo iba él a ser menos. Luis tenía trece años y nunca supe a ciencia cierta si era tonto del todo o se lo hacía porque, junto a aquella deficiencia, hacía gala de una malicia poco frecuente. El día que le trajeron la moto estaba loco de contento: «¡Una moto de cross, una moto de cross!», y daba vueltas alrededor, saltando y palmeando.

—¡Súbete, Luis! —le animamos.

Se subió, la arrancó, le dio puño y se fue directo a la piscina, donde se hundió en el fango ante el susto mortal del propio Luis y las risas desaforadas de todos los demás. El muchacho salió de la piscina chorreando barro, afortunadamente no estaba llena del todo. Ni él sabía nadar ni nosotros tampoco. Y para qué querrían una piscina si no sabían mantenerla, siempre de color verde como una charca. Pero cuando dejaron la chabola, la Rafaela dijo que la casa debía tener piscina y aquello no era una orden, era un decreto. La mayoría de nosotros llevaba ya un «ciego» considerable así que sacar la moto del fango no fue tarea fácil. Consolar a Luis tampoco. Tiramos de la moto con un gancho de carnicero atado a una cuerda; cada vez que llegaba al borde se nos volvía a caer dentro. Luis lloraba con desesperación. Los hermanos, hartos de intentar consolarlo, le daban un capón para que se callara cada vez que pasaban por su lado. Se nos fue pasando el «ciego». Conseguimos sacar la moto de la piscina y la apoyamos en la valla. Allí sigue, colonizada por la hiedra.

—¿Te vienes a la Rafaela? —nos decíamos los unos a los otros al salir del instituto. Y allí nos plantábamos dos o tres o cinco de nosotros, en el porche de la casa, donde habían arrastrado tres sofás ruinosos. David y yo éramos fijos. Nos encajábamos en el sillón, que estaba desfondado y era como sentarse en un retrete, y le comprábamos a la Rafaela un litro de cerveza, que costaba el triple que en el supermercado, y cinco gramos de maría o lo que pudiéramos, con el dinero que juntábamos entre varios. Nos la fumábamos allí mismo. La Rafaela no era ni generosa ni maternal, pero siempre tenía preparado salmorejo cordobés. Así decía ella, salmorejo cordobés, acentuando lo de «cordobés». Sería para dejar claro dónde había nacido. Cuando nos daba el ataque de hambre química le pedíamos salmorejo y ella nos lo servía con una amabilidad mercenaria. Nos traía mucho pan para sopar porque no nos daba cuchara. En la panadería de la calle Corredera le regalaban al final del día el pan que no habían vendido. Ángel, el hijo mayor, que era enorme como un portero de discoteca, cargaba hasta la casa con los sacos de papel llenos de barras semiduras. Ángel tenía un corazón directamente proporcional a su cuerpo de gigante y una lealtad hacia su madre inversamente proporcional al amor que había recibido. En aquella paradoja se produjo la tragedia. Nos comíamos el salmorejo y le comprábamos otros cinco gramos y otro par de litros.

La vimos preparar el salmorejo cientos de veces. La casa era un auténtico vertedero de ropas astrosas, muebles viejos, trastos de todo tipo. Ella era madre soltera de tres hijos varones. El huerto y la cocina resultaban los únicos espacios donde se la podía ver trabajar con un esmero y un rigor de científico loco. En la pequeña báscula donde pesaba la marihuana, y donde después pesaría la heroína que trajo la desgracia al pueblo, pesaba todos los ingredientes del salmorejo, con una precisión maniática: 450 g de pan del día anterior, 150 g de aceite de oliva, 10 g de sal, 1 diente de ajo, 70 g de vinagre, 1.800 g de tomates sin pelar; y lo trituraba todo junto con paciencia porque con tanto pan la batidora a veces se atascaba y tenía que ir alternando tomate y pan hasta el final, hasta que el tenedor se podía quedar de pie en la mezcla viscosa. Hoy lo pido donde quiera que vaya porque la nostalgia es una trampa mortal, pero jamás en la vida he vuelto a probar un salmorejo parecido. En aquella casa donde todo era recogido de la basura, rescatado de mudanzas o entregado por Cáritas, la batidora sin embargo era una de esas que se veían en las pelis americanas, de vaso; se le daba a un botón y ella sola hacía el resto. No sé dónde la compraría, pero lo cierto es que cuando la Rafaela se proponía algo lo ejecutaba como una profesional. Así fue como hizo crecer su pequeño negocio de narcóticos. Una pena que naciera en un poblado chabolista y que fuera sumando desde los quince años embarazos de padres desconocidos hasta que se hartó y ningún hombre más volvió a pasar por su cama, hasta que llegó el Junco. Con su inteligencia y su falta de escrúpulos hubiera podido llegar donde hubiera querido. Los hijos eran instrumentos que ella manejaba con astucia. Al menos a los dos mayores; el pequeño era como una mascota. Los hermanos lo adoraban.

Cualquiera que tenga algo de conocimiento sobre técnicas comerciales sabe que cuando se ha generado un canal de ventas próspero, el crecimiento natural se produce añadiendo productos de la misma gama. De hecho, salvo en raras ocasiones, lo que no crece, muere. Y la muerte comercial no estaba en el horizonte de Rafaela así que, cuando en los ochenta comenzó a circular la heroína, una de las primeras en añadirla a su catálogo fue ella. Los sofás se llenaron de manchas rojizas, y no era salmorejo.

Ángel era de una bondad inexplicable pero su lengua materna era la violencia. Él era el encargado de mantener el orden en aquel universo caótico. Mientras repartía guantazos, con un ojo observaba el grado de satisfacción de su madre. «Venga, Ángel, déjalo ya. Que no vuelva a aparecer por aquí como no sea con las dos mil pesetas por delante». Fuera de la vista de su madre, Ángel ayudaba al infortunado a levantarse del suelo, le sacudía la ropa, le pasaba un brazo por el hombro y le decía: «venga, tío, mañana te ayudo a pillarte por ahí un radiocasete y se lo llevas al Pera, por lo menos quinientas te sacas».

La diversificación de la gama suele venir acompañada de la expansión geográfica. Jesús era el hermano de enmedio y estuvo un tiempo a cargo del reparto a domicilio. Era el más expuesto y por lo mismo fue el primero en pisar el calabozo. Por eso y porque era un «bocas». Nada le gustaba más que presumir y sacar panza. La madre, que era la gerente del negocio y conocía al hijo como si lo hubiera parido, no le daba información, pero la opacidad en las cuentas no era suficiente porque Jesús veía cómo la situación económica de la familia mejoraba al tiempo que su madre se codeaba con tíos que conducían cochazos y llevaban cordones de oro como la cadena del perro.

—Mamá, ¿Cuándo voy a tener yo un bemeúve?

—¡Cuando a mí me salga del coño!

Pero debía llevar cuidado con él porque Jesús, además de fanfarrón, era huidizo y rebelde y tenía que templar muchas gaitas. Al día siguiente le había comprado un anillo de oro como los de los ganadores de la NBA.

Llevaban tiempo observándolo y lo trincaron un domingo a las ocho y media de la mañana. Nosotros nos preguntamos cómo había madrugado tanto si a esa hora un domingo solo circulaban los testigos de Jehová. Los de estupefacientes pensaron que llevaba un encargo mañanero a algún yonqui desesperado. Pero resultó que a su Luis se le habían antojado churros. Todos le teníamos una manía horrorosa a Luis, porque era un chivato cizañero y nos buscó más de una bronca sin motivo con su madre, pero los hermanos lo mimaban y le daban todos los caprichos. A Jesús lo tuvieron en comisaría veinticuatro horas, pero no les quedó más remedio que soltarlo.

La Rafaela aprendió la lección y ejecutó el siguiente paso en la estrategia de ventas: contratación de personal cualificado. Ella era al mismo tiempo la gerente y la jefa de recursos humanos, era la lluvia y el buen tiempo, era un dios omnímodo de pelo teñido de negro carbón y rojas uñas desconchadas. Contrató como recaderos a los yonquis menos perjudicados a cambio de medias papelinas. Jesús quedó a cargo de vigilar por si venía la poli y pasear el palmito cargado de oros. Parecía un árbol de Navidad gordo y pretencioso.

Todo había empezado a volverse oscuro y amenazante, como el mal viaje de un tripi. Los alegres muchachos que nos juntábamos en la Rafaela nos convertimos en zombis. David, mi camarada, mi alter ego, mi amigo del alma, se hizo con una cámara de súper ocho y rodó un corto sobre un grupo de colegas que van de excursión y acaban perdidos en el interior de una cueva; la película empieza a color y después gira a blanco y negro. No sé dónde andará. La película, digo, porque David fue el primero en caer. Aquella grabación de apenas siete minutos probablemente carezca de valor artístico, pero la recuerdo muy a menudo: fue la metáfora perfecta de aquella época. David y yo fuimos felices, pero nadie nos había advertido de que el infierno y el paraíso pueden ocupar el mismo hueco en el sofá. Sólo he quedado yo para contarlo. Mis padres tenían dinero y el dinero me salvó. El dinero y el amor de ellos. Pero el amor no fue suficiente en el caso de mi amigo David.

La Rafaela, que a sus cuarenta y pocos seguía estando de muy buen ver y había espantado de malos modos con la ayuda de Ángel a todos los tíos que se le habían ido acercando, quedó prendada del Junco. El mote explica mucho de cómo era aquel sujeto: alto, delgado, elástico, voluble. Correo del *caballo* entre el gran traficante y los pequeños peones de la droga. Era un caballo del *caballo*. Era una mala persona. Era un tipo repugnante y seductor y la Rafaela cayó rendida; ella, tan lista, tan manipuladora, en manos de un tipo que no le llegaba a la suela de los tacones rojos con los que se paseaba meneando el culo, Lady Feromona, delante de él desde que llegó por el chalé, como a ella le gustaba llamar al casón destartalado donde vivía con sus hijos y reinaba sobre una corte de yonquis fijos discontinuos. El Junco era un relamido que se peinaba todo el pelo hacia atrás con gomina, que llevaba pantalones de cuero ajustándole el paquete y que hacía girar ostentosamente la llave del Mercedes en el índice mientras sacudía el Rolex de imitación. El Junco se dejaba querer por la Rafaela, que le servía el salmorejo con cuchara y le aceptaba tratos ruinosos. Entornaba los ojos y rizaba los labios para mirarla y ella se derretía.

Nadie, salvo David y yo, sabía de qué iba el Junco. Nadie, salvo el Junco, sabía de qué íbamos David y yo. Estaban todos demasiado concentrados en seguir el rastro de polvo blanco que les conducía hasta el Hades. Y tú, Rafaela, cómo explicarte, con las malas pulgas que tenías, tú que para proteger tu negocio habías conseguido salvar a tus hijos de su destino, evitando que se engancharan al jaco. Cómo hablarte del Junco sin contarte lo que había entre David y yo cuando nadie más lo sabía. Cómo detener la tragedia que estábamos viendo cernirse sobre nuestras cabezas, con el colocón que llevábamos siempre. Pero la tragedia es un río de lava que se dirige hacia el mar, quién lo detiene.

En aquellos escasos días se produjo un curioso juego de vigilancias cruzadas. Ángel vigilaba con recelo y desagrado la relación entre su madre y el Junco. El Junco vigilaba a Luis. David y yo vigilábamos al Junco. El aire se tensaba a nuestro alrededor.

Ángel no tenía paz. Miraba al Junco con la frente arrugada y los puños apretados, reconcentrado, sin atreverse a reconvenir a la madre, pero olfateando el peligro. En el delicado ecosistema que habitábamos había entrado un nuevo elemento y no sabía calibrar las consecuencias.

Era la hora de la siesta y yo, recién chutado, acababa de salir al porche, a tumbarme en el sofá. Ángel, que venteaba el aire buscando algo que no sabía qué era, vio a los lejos al Junco poniendo la mano en el hombro a Luis mientras le empujaba suavemente hacia el invernadero y comprendió todo de repente. Le vi cubrir la distancia en dos zancadas. Le vi apartarle de un empujón y tumbarle de un solo puñetazo. Algo sonó a rama quebrándose y el Junco cayó como un muñeco desarmado; quedó en el suelo mientras Ángel besaba la cara de su hermano, que no entendía nada. «A ti no, Luisico, a ti no, a ti no», decía.

Echó a correr y no supimos nada de él hasta que le detuvieron por homicidio.

Era final de noviembre. Estuvo corriendo mucho tiempo intentando aplacar sus propios fantasmas, hasta que le faltó el aliento y se le doblaron las rodillas. La noche caía cuando llegó a una parcela recién labrada, se hizo un hueco con las manos, se cubrió con tierra y se durmió. Al amanecer, le despertó un perro lamiéndole la cara.

LA CARMOLA

La Carmola meaba de pie. Sin quitarse el cigarro de la boca se levantaba la falda casi hasta el ombligo, se abría de piernas, doblaba las rodillas y entonces impulsaba el chorro con tal fuerza que no se mojaba.

—¿Cómo lo haces, Carmola? —le dije.

—Si quieres te enseño, a la primera no te sale.

Sí que quería aprender, pero de pensar que mi padre me pudiera pillar meando de pie con la Carmola se me pasaban las ganas.

En una ocasión, un grupo de chicos se puso a tirarle piedras mientras meaba, pero a la Carmola le gustaba dar lecciones inolvidables. Los siguió uno a uno y les quitó la idea de repetir la hazaña a base de capones a contrapelo y palabrotas de estibador. Mi hermano Andrés fue uno de ellos y lo llevó desde la esquina del Chaveo hasta mi casa dándole patadas en el culo. Desde entonces, cuando se la cruzaba se ponía amarillo y cambiaba de acera.

Aquel verano estaba ya muy vieja. Mi madre decía que de joven había sido muy guapa y muy pendón. Fue la querida de don Alfonso mientras fue alcalde. Al parecer el hombre pensaba que el cargo incluía el derecho a barragana. Hasta la mujer de él, que era medio tonta, creía que era un honor el que su marido mantuviera querida. Una vez, en la peluquería, le dijo una vecina:

—Pero Gertru, ¿y a ti te da igual que tu marido se lleve a la Carmola a la Posada del Conde?

—Hija, ¿qué va a hacer una? Es cosa de políticos... Don José Ignacio, cuando fue alcalde, también tenía una, pero la Carmola es más guapa.

Y Gertru no podía disimular media sonrisa de superioridad.

Tan metódico era don Alfonso que en cuanto dejó la alcaldía dejó a la Carmola. Era un hombre de principios. Pero ella había ido haciendo rinconcito, era muy larga, le sacó a don Alfonso como para ponerse el quiosco de la plaza; poca cosa para lo mucho que él manejaba. Todo esto me lo fue contando ella a ratos. Yo me acercaba por allí a por pipas o lo que fuera y cuando estábamos solas me dejaba que entrara al pequeño habitáculo del quiosco y abría un taburete plegable.

—Siéntate, nena.

Yo tenía entonces nueve o diez años, pero la Carmola me contaba cosas como si estuviera hablando con una adulta. Aquello me daba miedo y me halagaba al mismo tiempo.

—A ese me lo he trajinado yo y mira el gilipollas cómo me habla ahora. Su mujer estará tan tranquila, mírala qué culo tiene, que no le cabe en el banco.

Y le daba un largo trago a la botella de anís.

—Carmola, ¿por qué bebes tanto?

—Calla, cojones, sólo me faltabas tú. ¡Tira p'a fuera!

Pero luego me veía por la plaza y me llamaba:

—¡Mariiiii, te convido a pipas!

—Carmola, no des esas voces que como se entere mi padre...

—¿Cómo se entere tu padre qué, hostia? Bueno, venga, ya no doy más voces. Tu padre es muy bueno, hace bien en no dejarte que te juntes conmigo.

Se reía a carcajadas y empinaba la botella de anís El Mono. Se encendía otro cigarrillo.

No había tenido hijos y no por falta de ganas.

—Tuve lo menos cinco *albortos*. Yo sí que hubiera tenido críos, mejor una cría, aunque para una mujer sea luego todo más difícil, pero ya ves...

Decía que hubiera criado una hija estupendamente, la hubiera sacado adelante sin problemas porque no tenía miedo a nada. Decía que había puesto en su sitio a muchos tíos, que era muy fácil porque no se esperaban que una mujer se enfrentara a ellos y les plantara cara y que en cuanto se acoquinaban ya había ganado ella. Lo malo, decía, era si se juntaban varios. Y callaba entonces con un silencio ominoso.

—Pero no te vayas a pensar que iba dejar que mi hija tuviera una madre tan loca como yo, qué va. Yo sabía comportarme como una señora cuando quería. Lo que pasa es que ahora no quiero y me da todo igual. Y como me gusta fumar, fumo y como me gusta beber, bebo.

Carmola iba devanando su ovillo de historias mientras yo comía pipas. La habían criado las monjas. Con cinco o seis años la recogieron y la metieron interna en santa Brígida. Carmola no recordaba o no quería recordar las circunstancias. Si tenía o no familia era algo que ignoraba. Pasaba de corrido por esta parte de su vida y solo aludía a ella si yo le preguntaba; solo a veces, porque otras me despachaba con un expeditivo: eso a ti no te importa. Contaba que de pequeña era muy graciosa y las monjas se reían mucho con ella, que le gustaba cantar y bailar, pero que también era muy trasto y andaba continuamente ganándose reprimendas.

Andaría por los ocho años. La compañera que se sentaba delante de ella tenía unas trenzas negras que le llegaban por mitad de la espalda. De vez en cuando y por fastidiar, giraba la cabeza con fuerza y le daba a la Carmola con la trenza en la cara. No lo debió hacer muchas veces porque en cuanto tuvieron clase de costura, La Carmola agarró las tijeras y se quedó en la mano con una trenza negrísima, aún palpitante. La niña lloraba y se resistía a que le cortaran la otra para igualar el desastre. A quién se le ocurre dejarle tijeras a la Carmola, dijo la directora. Como castigo se decidió que se quedara sin el paseo de los domingos por la tarde hasta que a la compañera le volviera a crecer la trenza.

Pero antes de que se pudiera ejecutar la sentencia se volvió a meter en otro lío. Así era ella, iba encadenando condenas. Esa misma semana descubrió en la cocina la garrafa del moscatel con que se rellenaban las vinajeras de la sacristía. La encontró la hermana cocinera semi-inconsciente en medio de un charco de vómito. Ella me lo contaba con tristeza:

—Es que yo no quería ser mala, ¿sabes? Me dio mucha lástima ver a la Antonia llorar por su trenza. Cuando vi la garrafa del vino, que yo sabía que era para la misa, pensé: esa es la sangre de Cristo, seguro que me hace buena. Y me empiné la garrafa. Tonterías de cría. Después de aquello dije que no volvía a probar el vino en la vida. Y mira…

Un par de años después la sacaron del colegio y la pusieron a servir en casa de la tía Isabel, que tenía nueve hijos, todos pequeños, más el marido que trabajaba en el campo y una madre impedida, mucha faena para una mujer sola. Carmola era muy trabajadora, tenía la fuerza de un hombre, decían, y nunca se cansaba. Es verdad que tenía un carácter endemoniado que explotaba a la menor provocación, pero también era muy divertida y entretenía a todo el mundo con sus canciones y sus ocurrencias. En Navidad cogía cualquier cosa que sonara con la que hacer música, ensayaba un par de villancicos y organizaba a los niños para ir de casa en casa pidiendo el aguinaldo. En Carnaval se las apañaba para buscar ropas viejas con las que disfrazarse y disfrazar a los niños de la casa. Un año se pintó la cara con tizne, los labios muy rojos, se colocó un cojín en el culo y relleno en las tetas, un pañuelo de colores en la cabeza y se puso a hacer de negra zumbona por la calle, con los niños detrás, haciendo de comparsa. Tendría unos dieciséis años y fue la primera vez que notó cómo la miraban los hombres. No alargó el juego y se quitó enseguida el disfraz a pesar de las protestas de los niños, porque vio la reprobación en los ojos de su patrona. No había nada que le gustara más a ella que el lío y la juerga, pero sabía que había ciertos límites que no podía traspasar. Aunque poco después se puso el mundo por montera y los traspasó todos.

El hijo mayor de la vecina de la tía Isabel, Manolo, tenía veinte años y novia, estaban arreglando las cosas para casarse. La Carmola se había convertido ya en una fuerza de la naturaleza: una mujerona de casi diecisiete, alta, guapa, morena, con una energía vital desbocada. Unos pechos enormes, imposibles de disimular bajo la ropa, las pestañas de gacela y una boca ancha y rojísima, sensual. Manolo se prendó de ella, dejó a la novia y se fugó con la Carmola en la moto de su padre. No fueron muy lejos, al pueblo de al lado, a una pensión de mala muerte.

—Fue un disparate, Mari, Manolo estaba loquito por mí y yo era muy joven. No te digo que no lo volvería a hacer porque yo estaba muy loca también, pero aquello acabó como tenía que acabar. El pobre Manolo era guapísimo, pero no muy espabilado, esa es la verdad. Tenía un calentón que se llevaba cualquier cosa por delante, pero listo no era, ni aquello lo hicimos con cabeza.

Los fueron a buscar con la Guardia Civil. La Carmola era menor y, sobre todo, no estaban casados. Aquello podía tener cárcel porque él sí era mayor de edad. Manolo se asustó muchísimo y volvió con su novia con la que, a pesar de todo el escándalo, se casó y tuvo cinco hijos.

—A los hombres se les perdona cualquier cosa, y si son líos de falda más, porque entonces son unos machotes.

Pero la Carmola ya no pudo volver a servir en la casa de la tía Isabel. Ella hubiera querido regresar y la tía Isabel que volviera porque la apreciaba y le quitaba mucho trabajo, pero no era posible: Manolo seguía viviendo en la casa de al lado, los vecinos se hubieran opuesto, cómo garantizar que con la locura de la juventud no hubieran hecho después un disparate aún mayor. Sola y con la reputación arruinada tuvo que buscarse la vida como pudo. No tardó en encontrar trabajo en una fonda.

—Los hombres me rondaban todo el tiempo y yo ya sabía lo que querían. Me di cuenta que de chica también me habían rondado, pero yo no lo entendí hasta que fui mayor, qué cosas, ¿eh? Si no me desgraciaron es porque la tía Isabel andaba por ahí siempre vigilando. Pero eso solo lo comprendí mucho después. Un día, al principio de trabajar allí, estaba yo arrodillada lavando en la fuente y un grupo de tíos se arremolinó en la puerta. La tía Isabel, que venía con otro caldero de ropa, sin mediar palabra me ató su delantal por detrás y les gritó que se fueran todos. Y como esa, muchas. Era una buena mujer, me dio pena haberle dado ese disgusto tan gordo.

Empezó a relacionarse con hombres y a beber. No me lo contaba todo, claro. Pero de lo que callaba, que era mucho, también sacaba yo mis conclusiones. Volvió al pueblo, por supuesto que volvió, cómo no iba a volver la Carmola. Fue pocos meses después del escándalo, un día de mercado, por medio de la muchedumbre que yo imaginaba abriéndose a su paso como se abrirían las aguas del Mar Rojo, girando las cabezas, murmurando. Y ella muy arrogante, muy digna, muy retadora, devolviendo miradas de fuego a las miradas de reproche, moviendo el culo, agitando la melena.

—Qué os pensabais, ¿que la Carmola se iba a quedar arrugada en un rincón? No tenéis ni idea.

No, no tenían ni idea. Con el escándalo que la precedía, su inclinación a la fiesta y su poca cabeza, como ella misma repetía sin cesar, su fama de loca fue creciendo. Su fama de mujer peligrosa también. Y era esta una fama que, por lo que me fue contando, ella misma se aplicaba en alimentar.

—Para que nadie se confundiera, Mari. Yo llamaba al cabo de la Guardia Civil de tú siempre que me lo cruzaba: ¿Qué pasa Ginés?, ¿cómo estás hoy? Y al Ginés un color se le iba y otro se le venía. Pero ya sabía todo el mundo que la noche la había pasado conmigo y no con su mujer, que me negaba el saludo, aunque habíamos estado juntas en las monjas.

—Mujer, Carmola, normal que no te saludara...

—No, no, la Josefa me había negado el saludo antes, yo a ella no le había hecho ná, así que me dije: te vas a enterar.

Sí, definitivamente a la Carmola le gustaba dar lecciones inolvidables.

Sentía por las monjas un respeto desconcertante. Algunos domingos se pasaba la mañana sin beber y fumando muy poco, se arreglaba, se ponía bragas (siempre pensé que era para vencer la tentación de mear de pie) y se iba al convento de santa Brígida. Parecía otra persona. Se aguantaba los tacos. Me guiñaba un ojo y me decía:

—¿Ves, Mari? Yo soy mala porque quiero, pero si quiero también puedo ser buena. Es peor los que se las dan de buenos y luego vienen y te la pegan por detrás.

Aunque ya no quedaba viva ninguna de las monjas que la habían educado, ir al convento era para ella un retorno a las raíces, las únicas que tuvo. Un día le pregunté cómo habiéndose criado con las monjas había salido ella así, pero la Carmola no veía la contradicción, ella hacía su vida y las monjas la querían, aunque le recriminaran blandamente, más por costumbre que por convicción, el que fumara, bebiera y montara broncas.

—Ellas hacen lo que quieren y yo también, cada una a lo suyo —decía muy convencida.

De esas visitas solía traer unas deliciosas milhojas de crema que nos comíamos entre las dos.

—Estos dulces me enseñaron a mí a hacerlos.

—¿Y por qué ahora no haces?

—¡Porque no me da la gana, cojones!

El domingo de contención había concluido.

Cuando empezó de nuevo el colegio yo podía ir menos por la plaza. Ella me invitaba a su quiosco siempre que me veía y me contaba sus recuerdos como si estuviera hablando para sí misma. No paraba de fumar a pesar de una tos hosca que no la abandonaba. Pero a la Carmola nada la apartaba de su deber, de su botella de anís ni de su paquete de Ducados.

Una tarde, al volver de la escuela, me dijo mi padre:

—Mari, la Carmola se ha muerto. La han llevado a santa Brígida. Yo voy para allá que tengo unos recados, si quieres te llevo.

Me eché a llorar. Me conmovió la inesperada comprensión de mi padre. Durante largo rato lloré de agradecimiento. Después recordé que Carmola había muerto y seguí llorando.

Mi padre se quedó fuera fumándose un cigarrillo con el portero. Una monja jovencísima me condujo con toda delicadeza a través de pasillos que olían a humedad y encierro. La velaban un pequeño grupo de monjas en una sala a media luz, parecía dormida. Estaba serena y en paz, como los domingos que venía de visita. Supuse que llevaría bragas.

PAÑUELO PALABRA

Se pone de puntillas, estira mucho el cuello
e imagina que mete la cabeza en una nube,
una de esas blancas y esponjosas de un mediodía soleado. Su cara va penetrando el tejido suave de la nube como nieve tibia, que se deshace
un poco y resbala por sus mejillas. La nube es
blanda y confortable y huele a tarde de lluvia;
consigue elevarla ligeramente, sus pies ya no
tocan el suelo y va caminando como si flotara.
Así se pasa Manuelita muchos ratos, dejándo-
se llevar por sus ensoñaciones. Cuando la gente
dice de alguien, o de ella misma tan a menudo:
«tiene la cabeza en las nubes», Manuela piensa que son capaces de verla a ella en su imaginación. También piensa que a todo el mundo
le pasa lo mismo, aunque quizás no tanto como
a ella porque sus compañeras de clase muchas
veces se ríen de sus despistes.

De pronto el grito de su madre atraviesa la
blandura de la nube: ¡Manuelitaaa, si tengo que
ir yo a por ti, verás! Y Manuela saca poco a poco
la cabeza de la nube, no sin esfuerzo, y estira
todo lo que puede las puntas de los pies hasta

tocar el suelo. Ya casi ha salido, pero se le ha quedado sueño en los ojos. ¡Manuelaaa! La niña se sobresalta, aunque ya se lo esperaba, cosas que le pasan, y corre hacia su casa porque sabe que su madre no está de buen humor.

—¿Qué quieres, mamá?

—Pero ¿dónde te metes? Bueno, es igual. Toma, dile a Segundo que te llene la garrafa de vino del tonel nuevo.

—Mamá....

—¡Tira!

La abuela viene algunas tardes para echar una mano en la casa. A Manuelita le gustan los cuentos que le cuenta su abuela. Su abuela es la mejor contando cuentos. Ella se queda siempre boquiabierta escuchándola. La abuela comienza a hablar y va tirando de las palabras despacio, sin esfuerzo. Las palabras salen enlazadas entre sí como los pañuelos de un mago. Ve salir «pájaro, sol, viaje, mundo...» y cada una tiene un color distinto. El pañuelo palabra «pájaro» tiene plumas de colores. El pañuelo palabra «cristal» brilla al sol. El pañuelo palabra «cielo» es luminoso y hay en él blandas nubes blancas. El pañuelo palabra «cocina» huele como su mamá. El pañuelo palabra «puñal» da frío. El pañuelo palabra «quebrar» duele con un crujido de rama seca. Cuando acaba el cuento a Manuelita le cuesta mucho trabajo volver a la realidad y quiere que la abuela le siga contando, pero a pesar de su insistencia nunca lo logra porque la abuela es una mujer de carácter y cuando dice se acabó, se acabó.

Manuelita se acuesta siempre con frío en los pies, por eso no se quita los calcetines. A lo largo de la noche, cuando por fin entra en calor empuja un calcetín hacia abajo con el dedo gordo del pie contrario y luego hace lo mismo con el otro. Los calcetines quedan enredados entre las sábanas, pero ella sabe que su madre se enfada si los encuentra, por eso está ahora metida bajo las mantas buscando los dichosos calcetines. Oye en la calle un sonido rítmico, ras, ras, ras, y no necesita asomarse a la ventana para saber que está su padre otra vez barriendo de madrugada la puerta de la calle.

La niña se ha ido a la cama llorando porque su padre la ha zarandeado agarrándola de un brazo al darse cuenta de que en la casa había vino. Él no quiere que su mujer beba ni tener que barrer la puerta de la casa a deshoras para evitar murmuraciones. Cuando le pasan esas cosas Manuelita no puede hablar porque las palabras quieren salir todas de golpe y se quedan atascadas en algún lugar entre el pecho y la garganta, y no salen, no salen, pero si hubiera podido le hubiera dicho a su padre:

—¿Qué hago, papá? Si no voy, la mamá me pega. Y también le hubiera gustado decirle que aborrece ir a la bodega de Segundo porque no le gusta el olor a alcohol, ni le gusta la oscuridad que hay allí ni que Segundo se roce con ella como quien no quiere la cosa cada vez que tiene ocasión. Todo eso le hubiera dicho a su padre si hubiera podido hablar.

La abuela ha entrado a su cuarto, le ha puesto una mano sobre la cabeza y le ha dicho:

—No llores, nena, tu padre no está enfadado contigo, es que ya sabes lo que pasa, hija... No llores, anda, duérmete.

Y la voz de la abuela hace que ese nudo como de trapos sucios que le aprieta el pecho se vaya soltando hasta desaparecer. Manuelita llora despacio intentando meter la cabeza en su nube para no pensar, pero se duerme antes y el sueño cálido, cálido como el abrazo de la abuela, la lleva hasta su nube.

PERICO FERNÁNDEZ

Si mi madre no me quería, ¿para qué me tuvo? Me hago esta pregunta mucho cuando bebo, y bebo mucho. A veces la hago en voz alta y los parroquianos me contestan cosas como que en aquel tiempo no era fácil no quedarse embarazada o a lo mejor me dicen que fue lo único que pudo hacer o que no tuvo otro remedio o que me quería, pero no podía mantenerme, cosas así. No sé. Pero si me contestan eso entonces sé que no han entendido mi pregunta. Todavía nadie ha entendido mi pregunta porque mi pregunta quiere decir que yo no sé por qué estoy aquí y si estoy aquí es porque mi madre quiso, pero luego me dejó en un hospicio, o sea que luego no quiso, no me quiso a mí cuando yo ya había llegado. Eso significa mi pregunta. ¿Por qué no me quiso? Estoy completo, no soy como ese que ayuda en el colmado y que le nace del hombro una manita de dedos arrugados. Ni como el de los cupones, que es ciego de nacimiento. O como el hijo de Joaquín, que es subnormal. Algo debió de notar mi madre para dejarme en un hospicio, algo que es, a lo mejor, lo que hace que haya tenido cuatro mujeres y cinco hijos y todos se hayan ido y yo esté aquí, sentado en un banco del parque esperando que abra el bar de enfrente, porque me fía.

Perico viene por aquí todas las noches. Cuando las chicas se han ido, a las cuatro o las cinco, entonces él se mete en una de las habitaciones y duerme ahí. Normalmente a partir de esa hora ellas ya no tienen muchos clientes y se van a dormir por turnos a sus casas; todas viven por aquí, por el barrio. Vuelven al día siguiente, sobre las diez de la noche, cuando se han dejado a sus críos arreglados y durmiendo a cargo de la madre o la hermana o lo que sea. Perico es muy buena persona, tiene mala cabeza, eso sí, pero es inofensivo. Inofensivo para cualquiera que no sea él mismo, claro. Él ha sido muy famoso, tuvo mucho dinero, eso dice y es verdad. Fue de lo más bajo a lo más alto y ahora, otra vez a lo más bajo. Como si este fuera su único destino y lo otro, lo de tener dinero y fama, un desvío raro en su viaje. Él cuenta que cuando era pequeño le gustaban mucho los dulces, pero, claro, en el hospicio, ya me dirás. Un día, cerca de la Navidad se hizo con una bandeja de mazapanes que estaban preparados para los niños y el personal del hospicio. Se los comió todos, todos, de una sentada. Se puso malo, como es normal. Y el resto de la Navidad no le dejaron comer ni uno solo, sus compañeros comiendo delante de él, y a él, que a pesar del atracón no se le habían pasado las ganas, no le dejaron probar ni uno. Pues más o menos así ha sido su vida. Ganó el campeonato mundial de boxeo y se comió la bandeja de mazapanes de la vida de un golpe. Ahora está mirando cómo los demás comen y no le dan.

Es casi seguro que cuando el pasado mes de julio Perico Fernández arrebataba la corona continental a Tony Ortiz, en el madrileño campo del Gas, debía estar muy lejos de pensar que dos meses después iba a ceñirse la corona mundial de la categoría, en versión del Consejo Mundial. Pero así ha sido. (1)

No es que me guste andar, pero no tengo otra cosa que hacer en todo el día. Me voy a la calle, me echo a andar y cuando me canso me siento en un banco y doy una cabezada. Luego sigo otro rato y así veo pasar los días. Yo he ganado muchas perras, también he gastado mucho y otras me las han sacado. No he tenido mucho cuidado con eso. Si estuviera junto todo lo que he ganado viviría yo en un palacio de oro. He tenido de todo, muchas mujeres, de todo, juego, viajes, y ahora, mira. Hace años, cuando yo ya estaba en la calle, me dijo el alcalde que, si quería trabajar de conserje, que me daba un puesto. Le debía dar vergüenza que un campeón del mundo de su ciudad estuviera por ahí como un perdido y por eso me lo dijo. Yo le contesté que si quería un portero que llamara a Andoni Zubizarreta. Pues sí que estoy yo para porterías, anda ya...

A veces se pone pesado y dice mucho eso de que él fue campeón del mundo, él, sí, campeón del mundo. Y yo pienso, aunque no se lo digo, y ahora también eres campeón del mundo, Perico, pero del mundo de la miseria. Yo sé que su mujer no es mala, ni sus hijos seguramente tampoco, pero quién aguanta eso, dime, si no tiene contención y no para de beber. Yo no le doy alcohol; llega aquí, se toma un zumo y deja sus cosas en un rincón y se acuesta a dormir. Siempre viene ya bebido. Yo le digo todos los días que no siga bebiendo, que se va a matar, pero le da igual. A veces no da ni el habla. Últimamente le da por decir: «Tengo que hacer algo. Se pasa el tiempo y debo mirar por mi porvenir». Pero él no sabe lo que es el porvenir y por eso no hace nada.

«Recuerdo a Perico Fernández y a Manolo Ramos y estar viéndolos hasta las tantas de la madrugada. Fue un gran deportista, entonces el campeón del mundo de boxeo de superligeros, una categoría muy competitiva, y lo cierto es que llevaba con orgullo el nombre de España», ha comentado el ministro al ser preguntado en la rueda de prensa posterior al Consejo de Ministros. (2)

A mí no me gustaba el gimnasio, ni me gusta. Ya despúes no hice nada de deporte, estaba hasta los cojones. Si yo iba al gimnasio es porque pagaban 300 pesetas por combate y yo era un buen pegador. El dinero sí que me gustaba, pero para gastarlo, para guardarlo no. Eso de guardar es de viejas. Una vez fui al programa de Pepe Navarro porque me dijeron que si pintaba un cuadro en directo me daban medio millón de pesetas y lo pinté, pero no me dieron el dinero. Estas cosas me han pasado muchas veces.

Cuando tenía dinero invitaba a todo el mundo. También lo engañaba todo el que quería, pero no por tonto, tonto no es: lo engañaban de puro bueno. Eso lo he visto yo. Lo que le pasaba es que era como un crío, ¿tú ves ese pedazo de tío como un templo? Pues no quería hacer daño a nadie. Lo del boxeo era otra cosa, no era ir a hacer daño, él nunca ha querido hacer daño. No tenía que haber ido a Tailandia, a pelear contra Muangsurin, si iba drogado, lo drogó su propio mánager, que era un cabrón, aunque esté muerto. Ese sí que gano dinero y vivió a cuerpo de rey y en cambio mira Perico cómo está. ¿Sabes lo que dice muchas veces? «De lo único que me arrepiento es de haber sido boxeador». Fíjate tú qué cosas.

Perico Fernández será homenajeado mañana en Zaragoza. Durante el homenaje habrá diferentes mesas redondas en las que participará Perico Fernández y exboxeadores y especialistas en este deporte, números de humor y actuaciones musicales y se proyectarán imágenes rescatadas del NO-DO de la época en la que Pedro Fernández Castillejos se proclamó campeón del Mundo de los pesos superligeros, versión Consejo Mundial de Boxeo (CMB), al vencer a los puntos en Roma, el 21 de octubre de 1974, al japonés Lion Furuyama. Además, el cantante aragonés Enrique Bunbury, que se encuentra de gira, venderá en sus conciertos camisetas con su imagen y la de Perico Fernández. (3)

Todo el mundo me conoce, bueno, todo el mundo no, pero los de mi edad y mayores, sí, porque yo fui el orgullo de España, entonces no había otro. También estaban Ballesteros y Ángel Nieto en otros deportes, pero mi caso era especial, único, decían, yo era el mejor. Yo le di la mano a Franco que era un tío así de chico, pero con unos cojones muy gordos. Muchas veces algunos se quedan un rato conmigo charlando, me invitan a una copa, a dos, yo pido otra y otra, luego se van. Nadie se queda. Todos se han ido siempre. Es algo que tengo yo que los espanto, como debí espantar a mi madre. Esto es así. Cuando daba buenos trompazos todos querían estar a mi lado, cuando tumbaba a un tío por la vía del cloroformo, no me faltaban amigos. Se acabaron los golpes y me quedé solo. Lo único que tenía eran los golpes y los golpes venían de una rabia dentro de mí. Ahora sigo teniendo la rabia, pero ya no tengo los golpes. Así son las cosas.

¿Ves ese cuadro de ahí? Ese lo pintó Perico. Me lo regaló por dejarle dormir aquí. Es un tipo generoso y tiene su orgullo. Cuando se dejó lo del boxeo le dio por pintar. No es ninguna gran cosa, pero a él le gusta y le entretiene. Los conocidos se los compran por compromiso y con eso va tirando. Si le preguntan cuál es su pintor favorito dice: «mi pintor favorito soy yo», pero eso es porque no conoce otro. Cada vez pinta menos porque le fallan las manos, empieza a tener temblores. Ahora dice «ya no pinto nada». Y es verdad.

(1)http://hemeroteca.abc.es/nav/Navigate.exe/hemeroteca/madrid/abc/1974/09/22/057.html

(2)https://www.heraldo.es/noticias/aragon/zaragoza/2016/11/11/mendez-vigo-perico-llevaba-con-orgullo-nombre-espana-1141908-2261126.html

(3)https://www.lainformacion.com/deporte/boxeo/perico-fernandez-sera-homenajeado-manana-en-zaragoza_BDg50rbk7nLIpj09VrBvS1/

LA NEGRA Y EL PERRO

La Negra era grande y pacífico como un cachalote. Imprevisible también. Caminaba como si nadara. Transportaba su enorme humanidad por los pasillos del instituto como si su cuerpo fuera el de otro. No le ofendía el apodo que no tenía la intención de ofender sino de definir: era en todo parecido a la criada de Scarlet O'Hara en *Lo que el viento se llevó* solo que dos palmos más alto.

Jugaba a baloncesto como ala pivot. Decir que hacía deporte sería exagerar porque no hacía nada, se quedaba de pie junto a la canasta esperando a que alguien le lanzara el balón; él se limitaba a encestar. A veces se distraía mirando a las gradas y recibía un balonazo en plena cara. Recogía el balón sin rabia y lo lanzaba con parsimonia a un compañero para que prosiguiera un juego en el que apenas tenía interés. Parecía estar en la cancha cumpliendo un trámite, como quien hace cola en la oficina de correos.

—¡Negra, hostia, me cago en tus muertos, espabila que se te cuelan!

Le daba igual. En mitad del partido se iba a mear sin avisar a nadie y volvía colocándose el paquete como si estuviera solo en el polideportivo.

Después del partido no se duchaba; para qué, si no había sudado, mientras nosotros terminábamos hechos una sopa.

Los compañeros nos desesperábamos, pero era fijo en cada partido porque balón que recibía, balón que encestaba. Los del equipo contrario le guardaban la distancia. Parecía protegido por una especie de campo de fuerza invisible: su silencio y su quietud eran tan extraños en mitad de aquella barahúnda que causaban en el adversario un respeto supersticioso.

La Negra era zurdo y era, más que un buen estudiante, un estudiante sobresaliente. Tomaba apuntes de todo profusamente, con una letra redondilla como de imprenta que parecía imposible que saliera de esa mano izquierda, que él retorcía para ajustarla al sentido del papel. Verlo escribir tenía algo de hipnótico. Cuando tocaba tarea en grupo todos queríamos ir con él porque hacía el trabajo sin reclamar nada a los demás y nos sacábamos una matrícula de honor de balde. Así éramos.

Para protegerse del sol, a veces se hacía un sombrero de papel porque daba la impresión de no percibir las burlas. El cuerpo torpe y las manos ágiles, se pasaba la vida haciendo figuritas de papel. Le servía cualquier cosa: una hoja de cuaderno, el envoltorio del almuerzo, un trozo de periódico, el billete del autobús. Siempre sabíamos donde había estado porque quedaba un reguero de pajaritas, molinetes, garzas de la suerte, pingüinos, ranas saltarinas, tréboles de cuatro hojas, barquitos, allá por dónde pasaba. Tiempo después supimos que el último regalo que le había hecho su padre fue el libro *Origami para una tarde de lluvia*. Y también nos enteramos de que todas sus tardes se convirtieron en una tarde de lluvia.

La Negra trajo un día a clase un libro de poemas y nosotros, por supuesto, nos reímos de él. Le dio igual. Se sentó en el patio a leerlo. Le tiramos migas de pan y él las recogió y se las comió. Le tiramos guijarros y con ellos escribió «Rilke» en el cemento. Nos cansamos del juego más aburrido del mundo y nos largamos dejándolo solo con su libro. Después del recreo no entró a clase, se quedó en el patio leyendo. Cuando el profesor lo echó de menos sacó la cabeza por la ventana y lo llamó a voces. No entró.

La Negra era un animal de otro planeta, lento y moroso. Vivía en otra dimensión, con otras coordenadas espaciotemporales.

Por eso ninguno de nosotros comprendió lo que pasó aquel día. En realidad, nunca comprendimos a *la Negra*. En realidad, nunca nos molestamos en comprender quién era aquel Goliat adolescente, nosotros, decenas de Davides egoístas y distraídos.

Porque, para que lo sepáis, *La Negra* se rompió un día. Quién iba a imaginar que algo tan grande fuera tan frágil. Se convirtió, literalmente, en un gigante con los pies de barro. El barro que le cubrió aquel martes de febrero. Un día aciago de un mes aciago. El día en que el Gólem despertó.

Ninguno de nosotros se había molestado en tener una conversación con él. Nadie se daba cuenta de nada, nadie preguntaba por los cardenales. Él no decía nada porque a nadie le importaba. *La Negra* era un gigante invisible. Nosotros un rebaño interesado. La soledad vivía en una torre de dos metros diez.

Por eso, qué sabíamos nosotros de un perro pequeño y nervioso que compartía cama con el amo colosal. Qué sabíamos de una madre estricta o desequilibrada, de un padre ausente. Qué del hermanamiento del muchacho con el perro. Qué de la piedra y el llanto. Qué de la sangre. Fue después que supimos, cuando lo supo todo el pueblo.

La plaza estaba a oscuras y desierta. Había llovido. *La Negra* corrió como un demente. Gritó. Se encendieron ventanas sorprendidas en mitad de una madrugada húmeda. A pesar del frío, la curiosidad se arremolinó a su alrededor, muchos de nosotros estábamos ahí, en los márgenes, donde siempre habíamos estado, mirando un espectáculo horrible y hermoso.

La turbia madrugada arqueó su espinazo como un animal desperezándose, como un animal que se resiste a la vigilia que vendrá, trayendo más llanto. Qué porvenir tendrá este recuerdo, Negra, cuánto de nosotros y de nuestra indiferencia habrá en tu futuro.

Corrió, quizás por primera vez en su vida, buscando las lindes de la plaza o las lindes de sí mismo, sus zarpazos de saurio herido hicieron temblar los cristales, resquebrajaron las conciencias. La Tierra vibró. O quizás fue la tormenta. Parecía que había llegado el Apocalipsis, pero no pasó nada. Después de correr durante largo rato se tumbó bocarriba exhausto y desnudo y regresó a su caparazón. Los municipales le cubrieron con una manta y él les siguió mansamente de vuelta a su casa, donde le esperaba la madre desgreñada y semi oculta por la cortina con el cuerpo del perro a sus pies.

QUINIENTAS PESETAS

Cuando yo tenía nueve años, un hombre me ofreció quinientas pesetas por enseñarle las bragas. Una tarde luminosa de final de invierno al cruzar la calle cuando paseaba por el barrio de abajo con otras dos amigas, un coche blanco paró y nos llamó. Pensé que iba a preguntarnos por alguna dirección. Diez pasos nos separaban del coche y acudí animada por la voluntad de ayudar a un desconocido, por las ganas de ser amable, por demostrar mi buena educación. Un hombre de unos treinta años, moreno, apuesto, bajó la ventanilla, sacó un billete de quinientas pesetas y me dijo que me lo daba si le enseñaba las bragas. Me quedé como un pasmarote.

—¿Me enseñas las bragas?

—No

—¿Quieres las quinientas pesetas?

—No

—¿Quieres más?

—No

—¿Quieres menos?

—No

Una mariposa dorada cruzó la tarde, como un leve trapo lanzado al aire, y recordé la foto en el libro de Ciencias Naturales de una mariposa atravesada por un alfiler. En ese libro leí que algunos animales pequeños se quedan paralizados cuando perciben un peligro grande, detienen sus funciones y son incapaces de reaccionar.

Me sentía como una idiota por no saber qué contestar. El hombre abanicaba el billete azul delante de mi cara y me pedía que le enseñara las bragas y yo era un pasmarote.

Solo podía pensar: soy una idiota, idiota, idiota, idiota. No sabía por qué, pero la culpa era mía por ser una idiota. Porque, aunque no entendía nada, si un hombre me pedía que le enseñara las bragas es porque algo había hecho yo. Y sí, lo había hecho, había querido ser amable. Más aún, había querido demostrar que tenía mejor educación que mis amigas y por eso me acerqué y por eso me preguntó a mí y por eso tenía yo la culpa. ¿Pero culpa de qué? Algo indescifrable quedaba colgado en el aire, como la mariposa.

Mis amigas me esperaban diez pasos más allá. Había casas cerca. El hombre pisó el acelerador y se fue.

Es seguramente el recuerdo más nítido que tengo de mi infancia. Cada detalle está impreso en mi memoria como grabado sobre piedra: el coche blanco, la mariposa dorada, el billete azul, el vasco con la gorra ladeada que aparecía en el billete, el calor de invierno, mis leotardos blancos con un agujero en la cara interna del muslo. Las palabras de mis amigas:

—Anda, podías haber cogido las quinientas pesetas y haber salido corriendo.

—Le podías haber enseñado las bragas por el agujero de los leotardos y haber salido corriendo con las quinientas pesetas.

—Lo tenías que haber mandado a la mierda

—Es verdad, qué idiota soy.

—Nos tenías que haber llamado y le hubiéramos tirado una piedra y hubiéramos salido corriendo con las quinientas pesetas.

—Es verdad, qué tonta.

—Nos hubiéramos podido comprar un montón de muñecas.

—Y ropa.

—Y chicles.

—Es verdad, es verdad.

Cuarenta y cinco años han pasado. Ahora me pregunto qué hubiera ocurrido si ellas no hubieran estado esperándome diez pasos más allá, si no hubiera habido casas cerca; qué hubiera hecho él, qué hubiera hecho yo, yo que carecía por completo de capacidad de reacción, que solo podía contestar con un monosílabo. Ahora me pregunto si el mundo sería otro. Como también me pregunto qué sería, que habrá sido de la niña sola, la que sí quiso coger las quinientas pesetas para comprarse muñecas y ropa y chicles. Porque no fui yo, pero fue otra.

PIEDRAS

De pequeña tenía algunas muñecas, no muchas. Me encantaban. Las peinaba durante horas, les cortaba el pelo con la intención de hacerles pelucas y cambiar su aspecto, las vestía con vestidos brillantes, coloridos, les pintaba las uñas y los labios con rotulador rojo, las cejas con rotulador negro. Cuántas horas de juego les dediqué, sola o con mis amigas; yo creaba el mundo, decidía el devenir, las historias sucedían como yo las imaginaba. La mejor, la más querida, era una muñeca rubia a la que yo había abierto con un cuchillo una boca enorme para poder alimentarla cómodamente. Le preparaba una papilla hecha con tierra, piedras y agua. Con una cucharilla de postre hurtada de la cocina le daba cucharadas de aquella mezcla. La papilla se acumulaba en su interior y, expuesta al sol y al aire, terminaba convertida en cemento. Yo entonces le daba golpes contra el suelo para disgregar la mezcla y hacer que saliera otra vez por su boca. Después el juego recomenzaba. Mi madre a veces se hartaba de verme arrastrar aquel juguete maltrecho y me lo retiraba. Yo rogaba, lloraba y suplicaba, prometía que las piedrecitas que se le salían a cada sacudida no terminarían desparramadas por el suelo de la casa y conseguía que mi madre me la devolviera. Era mi muñeca favorita. Se llamaba Ondina, como la protagonista del cuento "El lago encantado". La adoraba.

Me viene este recuerdo ahora, que mi padre ha muerto. En mi memoria, la imagen de una foto antigua, su noble cabeza de joven, en todo parecida a un actor de Hollywood de los años cincuenta. Trabajaba en un banco, como cajero al principio, después fue ascendiendo. Él aspiraba a la perfección: blazer cruzado, pañuelo de seda, gemelos de oro y camisa, por supuesto, inmaculada. No salía de casa sin un afeitado impecable. Se recortaba periódicamente los pelos de la nariz y las orejas que, contradiciendo su anhelo de perfección, le crecían como matojos en un erial. El tono de voz mesurado, el aspecto impoluto, la familia perfecta, el trabajo ideal, hacían de él un dechado de excelencias. Le gustaba que la casa estuviera perfecta siempre y era muy metódico con los horarios de las comidas. Con todos los horarios. Con todo.

Mis padres se habían conocido siendo muy jóvenes. Mi madre no había tenido novio antes, mi padre alguna novia pasajera, algo sin importancia. Ella era muy guapa y a mi padre le gustaba que llevara hermosos vestidos y que fuera cada semana a la peluquería, al salón de belleza, que no se privara de nada: bolsos caros, zapatos de marca, hasta un abrigo de piel tenía. Empleaban horas en el ritual del acicalamiento. Me encantaba quedarme apoyada en el quicio de la puerta del dormitorio observando la minuciosa operación que ambos ponían en marcha para arreglarse. Cuando salían a pasear o de cena con amigos, mi padre la llevaba orgulloso del brazo. Muy orgulloso, no había otra como mi madre.

En los veranos íbamos a la playa, mi padre alquilaba un apartamento, siempre el mismo, no muy cerca del mar. Como era un séptimo piso podíamos ver desde el balcón un lejano trozo de azul. Para bañarnos teníamos que ir en bicicleta o dar un largo paseo, ya que mi padre, una vez que tapaba con una lona gris su Citröen Tiburón, ya no lo movía salvo para urgencias. Ondina me acompañaba siempre en las vacaciones, ante la mirada reprobatoria de mi madre. Era la década de los setenta y ella fue la primera de su grupo de amigas en lucir un bikini. Mi padre la animó a ello a pesar de que resultaba un poco mundano en exceso para su círculo de amistades en que las mujeres llevaban bañadores enormes y rígidos como corazas. Mi padre se deleitaba con la envidia que provocaba en las mujeres y el deseo que despertaba en los hombres. Ella era hermosísima y sólo de él.

Mi padre amaba a mi madre como yo a mi muñeca. Él también quería que mi madre abriera la boca y tragara piedras. Cuando esas piedras se endurecían en el interior de mi madre y ya no le miraba a la cara, no le hablaba al servirle el plato de comida, lo ignoraba con la insensatez de quien ignora una amenaza cierta, entonces mi padre la golpeaba contra el suelo para disgregar las piedras y que salieran de su interior. La golpeaba con método, con extremo cuidado de no estropear su bello rostro de diosa. No sé si le importaba que yo llorara arrinconada en un rincón de la cocina, creo que no me veía.

Mi tía, la hermana mayor de mi madre, que era soltera (solterona, decían) y vivía en un barrio alejado del nuestro, siempre intervenía; siempre que se enteraba, claro, que no era todas las veces. Mi madre y yo pasamos algunas temporadas en casa de mi tía, temporadas que recuerdo como anchos oasis de tranquilidad donde los horarios no eran una espada de Damocles sobre nuestras cabezas y la bofetada no estaba a la vuelta de cualquier comentario sin importancia o de un calcetín sucio olvidado en el salón. En aquellas breves estancias mi madre se pasaba el día en bata y zapatillas, el pelo recogido en una cola desmañada, sin maquillar, con una delectación infantil en la molicie. Una pequeña venganza sin consecuencias que le provocaba una sonrisa relajada.

Pero al cabo de unos días o unas breves semanas, mi padre, convertido en la imagen de la devastación y la culpa, acudía a recogernos con promesas de buen comportamiento, repetido compromiso de conducta ejemplar, ante la mirada de reproche e incredulidad de mi tía. Rogaba.

Lloraba. Suplicaba a mi madre que volviera a casa con él. Ella regresaba siempre a sus manos y el juego recomenzaba. Así hasta el final.

EL OJO DEL SEÑOR PÉREZ

El señor Pérez venía a casa cada domingo, acompañado de su ojo estrábico. El señor Pérez era aburrimiento puro en traje marrón administrativo y corbatita verde bosque. No había nada en su aspecto ni en su conversación, o en su tono de voz monocorde que no levantara mal disimulados bostezos de aburrimiento mortal, excepto aquel ojo viajero, ligeramente más claro que el otro, como cubierto de un leve velo y que parecía tener vida propia.

Trabajaba desde siempre como pasante de un despacho de abogados que tenía cuenta en el banco donde papá ejercía de contable. En una ocasión en que mamá llevó a Zita al médico y pasó a saludar a papá, lo conoció. Ese día, por alguna razón que nuestros padres aún no consiguen explicarse, invitaron al señor Pérez a tomar café. Quizás fue porque Zita se reía como loca con el Señor Pérez.

El domingo por la tarde, mientras mi madre servía una taza de su aromático café con canela, que perfumaba toda la casa, el ojo del señor Pérez nos hacía guiños al mismo tiempo a Zita, a

Manoli y a mí, que soy el mayor. El señor Pérez hablaba del tiempo que hizo en el mes de marzo del año anterior, de la temperatura que estaba haciendo este mes de marzo y de la que probablemente haría ese mismo mes del año siguiente. Mi madre ponía los ojos en blanco cuando pensaba que nadie la miraba y echaba un disimulado vistazo a su reloj de pulsera. Mi padre miraba hacia la ventana y exhalaba un suspiro que podía querer decir: «¡pues vaya con marzo!» Pero que en realidad quería decir: «madre mía, qué tostón».

Entretanto, el ojo estrábico del señor Pérez nos perseguía por toda la sala. Si se despistaba un momento y nos perdía de vista, el ojo giraba en la órbita como una brújula loca. Cuando por fin localizaba a uno de nosotros, el ojo brillaba de entusiasmo. Mientras el ojo serio permanecía fijo y siempre miraba recto, el ojo estrábico observaba algo que estaba fuera del alcance de la vista, detrás de la esquina, o en cualquier rincón apartado. Ahí estábamos nosotros, escondidos, sofocando la risa mientras la cortina se agitaba levemente. El ojo nos había localizado y sonreía.

Mi padre nos miraba extrañado y se volvía luego hacia mi madre:

—¿Qué les pasa a estos niños hoy? Están rarísimos.

A la hora de despedirse, el ojo serio del señor Pérez no nos miraba:

—Adiós, niños.

—Adiós, señor Pérez.

Y su otro ojo iba saltando de uno en otro con alegría y agradecimiento.

Cuando le operaron de aquel ojo único y lo dejaron inmóvil para siempre, ya no lo volvimos a ver por casa nunca más.

A veces Zita se tapa un ojo con la mano y nos dice: «¡Vamos a jugar al Señor Pérez!», pero lo dejamos enseguida con tristeza.

EL TALISMÁN

Sospechaba que me iban a matar. Soy un ladrón. Sospechaba que mi iban a matar, digo, cuando me quedé definitivamente solo. Nadie quiere caminar junto a un blanco móvil. Comprendí, o colegí más bien, que todo el mundo sabía algo que yo ignoraba. Por aquellos días yo caminaba a grandes zancadas como si estuviera midiendo la calle. Otras veces caminaba en zigzag para esquivar las balas, aunque no tenía la total seguridad de que fuera a ser una bala lo que terminara con mi vida. A veces veía a algún conocido allá a lo lejos y levantaba la voz para saludarlo (aunque yo no soy de levantar la voz, mis padres me dieron una educación exquisita): «¡Buenos días, señor Carrera!» decía yo, «Buenos tenga usted», me contestaba. Y se metía rápidamente en el casino con su periódico. Mi vagabundeo por la calle Comercio tenía un curioso efecto repelente sobre las personas porque nada más avistarme, antes de tener siquiera la ocasión de decirles: «Hola, cómo está usted», se iban refugiando en cafeterías y negocios. La amenaza de una bala no hace muchos amigos.

Mi mujer fue la primera en abandonarme. Sí, ya sé que a morir de una súbita enfermedad, como ponía en la esquela del periódico, no se le puede llamar abandono, pero así fue como me sentí: abandonado. Me culpé de su muerte. Pensé que se alejaba de mí al saber lo que yo había hecho. Ya la he perdonado, sé que no fue desamor, sólo que su concepto de la justicia le impidió seguir a mi lado al conocer mi crimen.

Es verdad que durante mucho tiempo el dolor por su pérdida fue insoportable, hubo días en que realmente creí que no podría seguir adelante, que el mundo que yo conocía había colapsado para siempre. Aquellos días, el dolor me hizo perder la noción de realidad. Voy a buscar mis zapatos, ah, que los llevo puestos. Debe usted pensar que soy un despistado y sin embargo no es así: un ladrón metódico como lo soy yo no puede permitirse despistes.

¿Usted también quiere darme pastillas? Déjese de pastillas hombre de Dios, ni que las regalaran. Si a mí no me hacen falta. Lo de meterme en esta institución es una extravagancia que tuvo mi hija cuando volvió de París. A la niña la mandamos a Francia cuando acabó el instituto, su madre se empeñó en que tuviera la misma educación que había recibido ella. Fue mi hermana la que la llamó; siempre ha sido algo meticona, debió decirle que yo estaba haciendo cosas raras. ¿Qué iba a hacer? ¿Quedarme en mi casa esperando al sicario? Mostrar cobardía no es propio de un caballero.

Qué tarde más bonita se ha quedado. Siéntese aquí conmigo y déjeme que le cuente, ahora que esto se ha quedado tranquilo. Mi socio y yo habíamos sido compañeros de colegio y de instituto aquí en el pueblo, en los Salesianos, aunque nunca íntimos, más bien rivales. Él venía de una familia bien de toda la vida mientras que la fortuna de mis padres era de primera generación y al parecer eso es causa de desdoro. La cuestión es que yo era el gerente de una pequeña fábrica familiar de champiñón en conserva, compartía la titularidad con mi hermana, aunque ella, que por aquel entonces ya vivía en Madrid, sólo se sentaba en el consejo de administración una vez al año a recoger beneficios. Mi hermana era inteligente y capaz, pero nunca le había interesado el negocio ni lo más mínimo. Ella era una artista.

Francisco, mi socio, era cultivador de champiñón fresco. Que termináramos uniendo nuestros negocios fue algo natural. Cuando él invirtió en una línea de congelación las cosas siguieron su curso lógico y formalizamos la fusión de las empresas. Las cosas nos iban más o menos bien, aunque él nunca hizo gala de la educación que había recibido. Era soberbio y maleducado, trataba a todo el mundo desde una distancia inapropiada. Con los empleados era grosero cuando no tiránico. Sostenía que la arrogancia era una virtud empresarial, ya ve usted. En fin, no le quiero aburrir, voy al grano. Él era un enamorado de las joyas etruscas desde los años del instituto. Se había hecho ya con alguna pequeña pieza en el mercado negro. Casi nadie lo sabía, esa afición no la solía compartir, era como una urraca, pero conmigo sí que lo hacía. Creo que me infravaloraba, pero al mismo tiempo disfrutaba presumiendo ante mí de su cultura y de su osadía, pues me consideraba a su nivel. Yo sabía que me engañaba porque en la congelación del champiñón, según el agua que añadas durante el proceso, el rendimiento puede variar notablemente. Se creía más listo que yo. Debía pensar que yo no lo sabía. Tome usted nota de lo que le voy a decir porque es una lección de vida: que te infravaloren puede doler, pero en la práctica sólo ofrece ventajas.

En los Salesianos teníamos un profesor de arte que era muy bueno, un vocacional. Al explicarnos el Barroco italiano y hablarnos de Caravaggio nos decía que cuando iluminas algo en pintura, también hay algo que dejas en sombra y que tan importante es la una como la otra. Supongo que mi mujer iluminaba la mejor parte de mi vida, pero había otra que quedaba en la sombra que era la de mis pequeñas mezquindades diarias, mis discusiones con mi socio, mi complejo de nuevo rico... Todas esas cosas que no se atreve un hombre a decirse ni a sí mismo porque todos tenemos una visión de nosotros muy autoindulgente, sin embargo, ya cuando se llega a viejo hay poco espacio para la vanidad, ni siquiera para ese tipo de vanidad tan íntima.

Nathalie tenía unos principios morales como rocas. He conocido personas a quienes ese rasgo de carácter o de educación las endurece o las hace sentirse por encima de los demás, pero no era el caso de mi esposa. Su profunda humanidad hacía de ella una persona buena y humilde a la vez, indulgente con las debilidades ajenas. No le gustaban los chismes y cuando en una conversación se veía envuelta en un cotilleo se limitaba a decir: «somos puro material humano» y yo sabía que con aquello se estaba refiriendo tanto al chisme como al chismoso. Ha sido muy duro para mí continuar sin ella. No siento que me vayan a matar puesto que antes o después todos tenemos que morir. Aunque todos los esfuerzos humanos, al igual que los míos ahora se concentran en aplazarla lo máximo posible, la muerte es tan cierta como inapelable. Lo que de verdad siento es haber decepcionado a Nathalie. Esa es mi tragedia.

Cuando yo le hablaba de mi conflicto con Francisco, Nathalie sonreía como se sonríe a un niño que se enoja por nada. No hacía ningún reproche, pero tampoco era condescendiente. A veces, despojamos de ciertas cualidades humanas a aquellos que consideramos nuestros enemigos o nuestros rivales, pero ella encontraba un ser humano en cada prójimo.

La juventud es un fuego enfurecido. En ocasiones debajo de ese fuego no hay nada, como cuando se quema papel. Sí, usted lo ha dicho, un fuego fatuo, bonita definición. Si uno es afortunado, pasados los años, bajo ese fuego va quedando un rescoldo, una brasa que de vez en cuando se anima con alegría, es la parte más calmada y hermosa de la vida. Así fueron los años de madurez con Nathalie, cuando nuestra hija ya estaba en París. Ahora no soy nada, ya ve usted, ceniza apenas, a la espera de que un viento cálido me esparza sobre el mundo que permanece.

Perdóneme, me he puesto sentimental. Es el vicio de los viejos.

Me estoy desviando del tema. Como le decía, Francisco era un loco del arte etrusco. El día que invirtió una fortuna comprando en el mercado negro «El Talismán», un colgante etrusco único, yo sabía cuál era la hora y el punto de encuentro de la entrega porque él presumía ante mí e iba dejando pistas garrafales. No me resultó difícil suplantarle, tenía todos los datos y sabía que la impuntualidad era otro de sus vicios ¿Se ríe usted? ¿No cree que esas cosas puedan suceder en esta pequeña ciudad provinciana? Se sorprendería de las cosas que pasan aquí. Sí, claro que me gustan las películas de detectives, pero eso ¿qué tendrá que ver? No sea usted simple, hombre. Déjeme que le siga contando: cuando mi socio acudió a recibir la joya, nadie se presentó para entregarla. Había perdido media fortuna. Sufrió un infarto esa misma noche, sentado en el sofá de su casa. No, no me sentí culpable. Tuvo el infarto exactamente con la misma edad y en la misma postura que lo había tenido su padre treinta años antes. El infarto le estaba esperando, el hecho de que coincidiera con la entrega fallida de la joya sólo fue casualidad.

Él había hecho entrega de la mitad de su valor y debía ingresar la otra mitad una vez que el collar hubiera sido valorado por expertos.

La verdad es que mi único objetivo era demostrarle que podía ser tan listo y atrevido como él, para darle una lección, yo en realidad no quería quedarme con la joya. ¿Qué culpa tengo yo de que muriera esa misma noche? Después los acontecimientos se precipitaron.

Qué pronto anochece estos días, qué corto se me hace el rato del paseo, cada vez más corto conforme avanza el otoño. Mire qué hermosa puesta de sol, parece un incendio. Sigo siendo un romántico, sí, desde luego.

...Alfredo, ¿puede traerme usted un coñac y el periódico? Ay, qué cabeza ésta, perdone. Por un momento he pensado que estaba en el casino. Usted se parece a Alfredo, ¿no ha trabajado nunca en el casino? ¿No? Bueno, a ver, por dónde iba. Ah sí. Fue al poco tiempo de morir mi mujer cuando empecé a darme cuenta de que me vigilaban y luego de que me perseguían. Era uno distinto cada vez. Aquí en este centro es el único sitio donde he encontrado paz, pero sé que en cuanto salga me meterán un balazo. ¿Qué cómo no lo han hecho ya? Mis técnicas de despiste eran muy buenas: como le dije antes caminaba de forma aleatoria, me agachaba de pronto, me giraba súbitamente de un lado a otro... Yo no era un blanco fácil.

Me gusta usted porque habla poco y escucha bien. Todos estos ganapanes que tiene por compañeros nos toman por tontos y nos hablan a voces que es algo que no puedo soportar. Y encima nos tutean como si fuéramos menores de edad. No tienen ni pizca de educación. Pero me está pareciendo que no me cree. ¿Piensa que no me estoy dando cuenta de su cara de incredulidad? Lléveme a mi habitación, por favor, quisiera mostrarle la joya. Lleva tanto tiempo conmigo que forma parte de mi vida y nunca, desde que murió mi esposa, he tenido ocasión de mostrarla a nadie. Cuando viene mi hija a visitarme no quiere ni oírla mencionar. Sé que lo considera parte de mi desequilibrio mental. Cuidado con esta puerta, que se atasca a veces. Hágame el favor, usted que es alto, de bajarme esa caja marrón que hay en el altillo, sí, la que está detrás de la manta. Yo tengo que ayudarme del bastón para alcanzarla.

Observe qué hermosura. Mire, mire qué belleza. Desde luego le vendría bien un pulido profesional, pero comprenderá que en mi situación eso sería casi suicida. Vaya, menuda cara ha puesto usted. Al parecer he conseguido sorprenderle.

Está visto que ya nadie cree a los viejos.

Me llaman Leididí. Cuando contesto al teléfono tengo que decir: «hola, soy una chica veinticuatro siete, ¿cuáles son tus deseos?». El cliente debe quedar convencido, por lo que digo y por lo que callo, de que soy una chica independiente que comparte piso con otras cuatro y que prestamos servicio cuando salimos de clase en la universidad, bien por vicio, bien para pagarnos un bolso Louis Vuitton o unos zapatos Manolo Blahnik. Hay tíos que necesitan esa fantasía: son los puteros guays. Me dicen mientras me follan que soy una mujer empoderada y valiente. Y yo pienso: «Valiente tú, pero valiente gilipollas». Creen que me hacen un favor al pagarme (¡anda, varios servicios como este y te financias el máster!) y me tratan en plan colega. Son los peores, no los soporto. Van a lo mismo que van todos pero los muy idiotas necesitan una coartada. Se creen lo que les da la gana, me hablan de Kafka o de la novela picaresca a mí, que tengo treinta y dos años y me dejé el instituto a los catorce, cuando empecé a fumar porros y a ir de discotecas. ¿Cómo pueden creerse de verdad que yo esté aún en la universidad, con la pinta que tengo?

Los peores son los que se empeñan en que me corra y luego quieren irse sin pagar, pretendiendo que hemos ligado en un bar y luego nos hemos ido a echar un polvo como una pareja cualquiera de jóvenes. Cometí ese error una vez, una sola: hice como que me corría para que el tío me dejara en paz y luego se empeñó en largarse sin pasar por caja. Janfri se encargó de recordarle que llevar las fantasías demasiado lejos sale muy caro y le partió la nariz de un puñetazo. No es que el tipo no se lo mereciese, la verdad, pero a mí la violencia me horroriza. Cuando alguno empieza con ese rollo de compartir el sexo y el placer y esa clase de mierdas, lo paro en seco. Prefiero al putero empotrador que nos desprecia y que solo busca un polvo rápido, servir una ración de humillación a una mujer que no sea la propia y salir pitando a casa, a contarle a la esposa alguna milonga de por qué llega tarde. Con este no hay que fingir: te desprecia a ti tanto como tú a él, no hay que sonreír ni hacer teatro: te abres de patas, el tío a lo suyo y se acabó.

Janfri es nuestro chulo. Un tipo guapetón, musculoso de gimnasio y muy, muy violento. Todas le tenemos un miedo atroz. Porque Janfri está tarado: le hemos visto hacer cosas que no quiero repetir aquí, cosas que ni siquiera quiero recordar. Y no está a nuestro servicio. Ni nosotras al suyo. Todos somos empleados de una empresa que se llama Ocio 24 y que tiene sede en Málaga, aunque tiene prostíbulos repartidos por toda España. Yo estoy ahora aquí pero el mes pasado estuve en Elche, en una güisquería de las de toda la vida: mucho borracho, mucho humo, mucho reguetón, mucho sobeteo de viejos asquerosos, de albañiles, de encofradores, pero lo prefiero a este rollo del piso veinticuatro siete; ¿Pero, quién se puede creer al verme que yo sea universitaria? Lo que pasa es que te llaman por teléfono, se calientan y cuando llegan a la puerta del piso vienen ya con la polla tiesa y les da igual que seas universitaria como que seas la abuela de su amigo José.

No soporto fingir. Curioso, ¿verdad? cuando todo mi trabajo consiste en eso. Pero ya estoy cansada. Cada vez necesito más farlopa para despertarme y más ron para aturdirme. La cuenta que tengo con la empresa no la pago ni tirándome a toda la American Navy cuando viene de maniobras. A veces me da igual, a veces no. Depende de lo puesta que vaya. Pienso mucho últimamente en cómo empezó todo y si hubiera podido ser distinto. Sí, lo pienso. Me estoy haciendo vieja y no sé de qué voy a vivir.

No es que no haya ahorrado en este tiempo, es que debo un pastón. A veces me acuerdo de mi amiga Káterin que murió de sida, y que en realidad se llamaba Paquita y era de Cuenca. Le pusieron Káterin por Katherine Hepburn, y ella decía que igual que su cuñado, que trabajaba en Cátering Casa Leonor. Cuando hacíamos la calle, aquí, cerca de la Plaza de Abastos, señalaba hacia el edificio de enfrente y decía: ¿Ves ese piso? Ese se lo ha puesto fulanita con su coño. Y yo todavía no he conocido a ninguna fulanita que con su coño haya conseguido otra cosa que traslados de un puticlub a otro, puteros de todos los pelajes y algún que otro guantazo. Esa es la verdad.

Si estoy sobria sólo pienso en colocarme, si estoy borracha ahora me da por pensar en estas cosas; me estoy haciendo vieja, qué haré con unos años más. Cada vez llegan chicas más jóvenes, sobre todo a los pisos veinticuatro siete, claro. No sé cómo me han destinado a mí aquí. Yo prefiero volver a los puteros clásicos, despedidas de soltero, padres de familia, adolescentes en pandilla que juntan dinero para tirarse a una puta: se lo juegan a los chinos y uno folla mientras los otros miran y se toquetean. Aunque las últimas veces Greisqueli, la encargada, decidió que los mirones pagaban cinco euros por barba. Aquí le sacan cuartos a todo, en eso consiste. Y cada vez hay más adolescentes. Greisqueli dice que son un «negocio emergente» porque lo que más le gusta, además de mangonearnos, es tirarse el rollo, como si no supiéramos de dónde ha salido.

Seguramente me voy a ir del piso, cosa que no me preocupa, tengo ganas de perder de vista a los pegajosos estos que se van a echarle un polvo a una tía y de paso a comerle la oreja con el rollo de la importancia del sexo sin amor, de lo saludable que es, de lo guay, y les tengo que sonreír mientras pienso: «súper saludable, tronco, mírame a mí, hasta las cejas de ron-cola y enfarlopada, por no hablarte de la clamidia que arrastro desde hace años, y de la que no te voy a informar cuando me pidas hacerlo sin preservativo, como si fuéramos novios». Pagan más, pero allá ellos. Tan grandes y tan tontos. Y es que hay tíos que se creen que vienen al puticlub a ligar.

La empresa trae desde hace unos años a muchas latinas, también negras y rusas, pero sobre todo latinas. Deben tener algún negocio gordo en Sudamérica. Unas saben a qué vienen y otras no. Se nota que a algunas las traen engañadas. Yo me metí en esto porque quise. Supongo. Cuando empecé era muy joven, mis padres tenían un bar y se pasaban todo el día trabajando; cuando no estaban trabajando estaban peleándose, a veces a brazo partido. Entre ellos se repartían hostias como panes. La que más recibía era mi madre, claro. Luego se metían en el cuarto a follar como locos. De mí no hacían mucho caso, ni de mis hermanos tampoco, ya de chicos hacíamos más noches en la calle que el camión de la basura. Yo no era buena estudiante, era desastrosa y colérica, montaba cada número en la escuela que me pasaba más tiempo fuera de clase que dentro. Me juntaba con los tarambanas y al principio solo quería algo de dinero para porros; después me metí en las pastillas y luego la coca y ya parecía que todo era poco; luego pasó aquello y... en fin, no sé si lo elegí, todos me trataban como a una puta así que, mejor sacarle partido. Aunque fíjate tú el partido que le he sacado a la cosa. No sé. Siempre he sido un desastre.

Pero lo de estas pobres chicas es peor. Ayer nos llevaron a una güisquería que hay en el polígono. Trajeron chicas nuevas porque los puteros son muy exquisitos, no les gusta repetir menú, quieren variedad. Greisqueli repartió tacones, vestidos de lamé, minifaldas de lentejuelas y comenzó a dar instrucciones. A mí, como soy de las viejas, me sudan el coño las explicaciones. Estaba allí, sentada en un taburete en una esquina del salón; me había metido un par de tiros y ya iba por el segundo o tercer cubata de ron-cola. Entonces entró Janfri y cogió por el brazo a unas de las nuevas, una muy, muy joven, no creo que tuviera más de dieciséis años, si es que los tenía, y lo miraba todo con cara de espanto. Las lágrimas le bajaban por la cara como cordeles. Empezó a decir muy bajito porfavor, porfavor, porfavor, porfavor. Yo sabía que Janfri no tenía paciencia, pero no me esperaba los dos puñetazos secos, seguidos, en plena cara. La chica resbaló y cayó al suelo mientras Greisqueli gritaba: «¡Janfri, eres una mala bestia, ¿no ves que estropeas el material?!».

Y a mí, borracha y colocada, se me partió el alma; a mí, que ya no tengo alma, se me partió el alma.

MA-RIA-NA

Cuando estaba en la cama y todo era paz y sosiego pronunciaba el nombre así, despacio, en tres sílabas bien diferenciadas: MA-RIA-NA. La «m» me acariciaba los labios, la «ere» me hacía cosquillas en al paladar, las «as» eran como gemidos sucesivos. Lo volvía a pronunciar: MA-RIA-NA y el nombre tenía para mí mucho de tierra prometida y al propio tiempo de desasosiego doloroso; quería a la vez vivir y no vivir en esas sensaciones, quería echar a correr sin moverme, quería gritar muy fuerte, pero, por Dios, que no me oiga, que no me oiga. MA-RIA-NA, MA-RIA-NA, MA-RIA-NA solamente con pronunciarlo se me aceleraba el pulso. Mi hermano estaba en la cama de al lado aún despierto. Yo lo veía con la claridad de la farola que entraba por la ventana. Con la cabeza de lado sobre la almohada, mi hermano tenía un ojo sólo, redondo como una luna que parpadea. Él, cíclope y yo nictálope, los dos insomnes. En qué Mariana pensaría mi hermano. Cuando me dolía el cuerpo de la tensión y la mente de tanto pensar, escribía su nombre en una pizarra, así separado en tres sílabas bien diferenciadas, MA-RIA-NA, y lo iba borrando sílaba a sílaba. Borraba MA y dejaba de oler su colonia de baño con aroma a lavanda, la del supermercado, fresca y vulgar. Borraba RIA y su voz grave y rota como hojas de otoño se iba perdiendo en un rumor de hojarasca. Borraba NA y se difuminaba su contorno que estaba dejando de ser infantil, el pantalón ajustado, el suéter casi hasta las rodillas, la carpeta contra el pecho. Borraba los restos de tiza del encerado concienzudamente, con parsimonia, y se me iban cerrando los ojos. Me levantaba al día siguiente y su nombre seguía ahí, escrito en el fondo de mis párpados.

Acababa de cumplir trece años, me sentaba en clase en la penúltima fila, ella se sentaba en la primera y la distancia entre las mesas era planetaria. Estaba enamorado y era minuciosamente infeliz. Leía mi estado de ánimo en su rostro. Un simple gesto suyo suspendía la trayectoria del sol, el flujo de las mareas, el girar de la tierra sobre su cansado eje y, desde luego, mi respiración.

Yo no hice nada, o eso creí, pero un día de primavera, en clase de Técnicas del Hogar, Mariana me regaló un sobre de semillas de nomeolvides.

Y me tocó la mano al hacerlo.

Y me miró a los ojos al hacerlo.

Y me cortó la respiración al hacerlo.

—Ooh, forgetmenot! Dijo la lectora de inglés en la clase siguiente al ver el sobre de semillas en mi mesa.

No exponer a la luz del sol directa.

Regar tres veces por semana.

Mantener a una temperatura no inferior a 18°C.

Y añadió:

—How cute!

Pero la nomeolvides no impidió que ella me olvidara. Y no la culpo: se cansó de mis manos sudorosas, de mi boca seca, de mi poca conversación; y por encima de todo se cansó de mi veneración constante. Dejó de pasear conmigo y ya no tenía interés en que la acompañara a casa. Se iba con sus amigas y yo la veía marchar como ve el náufrago abandonado en una isla alejarse el navío que podría salvarlo, inexorable y lenta, muy, muy lentamente.

Las nomeolvides recién brotadas se secaron, como la metáfora que eran.

La letanía (Mariana, Mariana, Mariana) sin embargo me acompañó durante las noches de muchos meses o quizás años porque ningún nombre se adaptaba a mi pronunciación como se adaptaba el de Mariana.

Pero como todo llega, el olvido llegó por fin sin que yo me diera cuenta siquiera. Un día, Mariana ya no estaba en mis oraciones nocturnas. Me quedó la nostalgia de la obsesión enamorada, pero no su objeto.

Y hoy, después de un par de décadas, la he vuelto a ver. Un paquete de arroz, calamares congelados, champú anticaspa, café y servilletas. La cajera del supermercado era ella; no la he reconocido de inmediato, pero en la identificación de su uniforme ponía Mariana Valverde, y en el fondo de sus ojos pegoteados de rímel se ahogaba la luz que en otro tiempo hubo. El mundo me ha parecido hoy un poco más mediocre y más inhóspito. Falda de tergal y pelo cardado, a la Mariana de mis desvelos se la ha tragado la vulgaridad.

Ella sí me ha reconocido y se ha despedido de mí con amabilidad:

—Adiós Andrés, me alegro de haberte visto.

—Adiós, adiós MA-RIA-NA.

EL JARDIN DE LAS DELICIAS

En El Jardín de las delicias se jugaban timbas de póker hasta altas horas de la madrugada. El nombre se lo había puesto el dueño anterior, cuando el local era un lugar donde desayunaban y almorzaban los trabajadores de la fábrica de conservas. Cuando se la llevaron a Marruecos, el local estuvo cerrado años hasta que el traspaso lo cogieron los Maques. En ese tiempo el barrio se había deteriorado mucho.

Tu madre formaba parte del paisaje habitual del bar desde antes de tu nacimiento. Probablemente te concibió en una noche de borrachera con alguno de los clientes. Llegaba por allí, contigo en el carrito, subida a unos tacones ruinosos y se apostaba en la barra a trasegar cubatas mientras tú dormitabas o berreabas en el carricoche.

—¡Rusaaa...., llévate al crío de aquí que me espanta a los clientes!

Pero ni los espantaba, ni ella se iba.

En El Jardín de las Delicias se trapicheaba con droga al menudeo. De vez en cuando, alguno de los borrachines habituales pasaba por tu lado y te hacía una caricia torpe. *El Gafas*, que era un crío como tú, pero de treinta años, se echaba mano al bolsillo y rebuscaba un rato hasta que, apartando una china de hachís, sacaba un caramelo rebozado en pelusa.

—Muchacho, no le des eso al crío que a saber lo que tendrá.

—No pasa *ná*, Rodrigo, si está envuelto.

Y tú te entretenías un rato con el caramelito.

Tu madre se quedaba por allí, pendiente de la timba. Era capaz de seguir el juego entre las brumas del alcohol. Cuando la partida avanzaba, arrastraba el taburete y se acercaba al que iba ganando, con la esperanza de que le apeteciera echar un polvo después de haber ganado y poder sacarle mil o dos mil pesetas. Para comprarle leche al nene, decía ella.

—Rusa, tira por ahí, anda, que no quiero *ná* contigo. Mira a ver tu crío y llévatelo *pa* tu casa que con esta humareda se va a ahogar la criatura.

Lo de Rusa le venía por tu abuelo, *el Ruso*, que emigró en los setenta a algún país de Europa Central, a Suiza o Alemania, y después de regresar por vacaciones dos o tres años, gordo y bien afeitado, con ropas lustrosas y extrañas y saludando al personal con palabras incomprensibles, ya nunca más volvió. Tu abuela sacó adelante a tu madre como buenamente pudo, trabajando como una fiera en cualquier cosa, trabajando en la fábrica de conservas hasta que cerró. De lo que pasó después de que muriera de un cáncer que se la llevó por delante en unos meses poco sabemos, tu madre no hablaba mucho de ello. Se quedó sola con quince años.

Tú solías dormir arropado sobre la mesa de billar. Eras un bendito, dormías mucho, en cualquier sitio. Los parroquianos bromeaban.

—No le habrás rellenado el biberón con cubata, Rusa, que tú eres capaz.

Tu madre te quería mucho. Te abrazaba. Te comía a besos. Remojaba una servilleta en el cubata y te limpiaba los mocos secos. Te acariciaba el pelo y decía que eras más hermoso que el sol de mediodía, que eras lo más bonito del mundo y que qué haría ella sin ti. Que tú ibas a ser médico o abogado y se iban a enterar todos estos cuando ella fuera una señorona del brazo de su hijo abogado. Tú te reías y apretabas tu cabeza rubia contra su pecho astroso.

Ella te quería muchísimo, pero a veces venías con algún moratón. Quién sabe lo que ocurre en una casa cuando se cierra la puerta por dentro.

Aprendiste a andar pisando colillas, servilletas arrugadas y cáscaras de cacahuetes mientras tu madre cada vez comía menos. En ocasiones, al llegar al bar ya bien entrada la noche, pedía una empanadilla con un cubata, probablemente la única comida del día.

—Te vas a matar, decía Rodrigo.

Ella se encogía de hombros y le daba un largo trago a su vaso.

Cuando todo ocurrió tú estabas allí con tu madre, como de costumbre. El suceso salió en el telediario, un ajuste de cuentas, dijeron, una de esas cosas que ocurren periódicamente en los barrios marginales.

Tu madre, a la que el torpor de la borrachera restaba agilidad, fue la primera en caer. A ti te encontraron debajo de la mesa de billar, mudo de pánico, milagrosamente intacto.

Dicen que a veces los ángeles se salvan a sí mismos.

ATLAS

*Porque es una lástima muy grande
no decir nunca lo que una siente*
Virginia Wolf

Se levanta como cada mañana con los ojos estragados de sueño y legañas. La noche la ha perseguido hasta el borde del insomnio y el sueño la ha perseguido hasta el filo de la mañana. Su cansancio a esa hora es infinito. La claridad mete sus dedos rosados por los bordes de las contraventanas empujando el día hacia adentro, a pesar de la mujer, que se levanta con la sensación de haber dejado el cuerpo en la cama. El mundo yace arrumbado en una esquina del cuarto igual que un viejo perro fiel y la mujer sabe que, como cada día, tiene que volver a cargarlo sobre sus hombros y salir a la calle, a la vida. Tiene la sensación de que su mundo es pequeño y mezquino hecho de un trabajo por horas mal remunerado, un piso viejo cuyo alquiler no siempre consigue pagar a tiempo, una relación intermitente con un hombre que no la ama, pero la busca a veces y que cada vez que se marcha sólo le deja la tristeza de pensar que ha podido ser la última; y mucha más soledad. Mientras pone la cafetera piensa que cuanto más pequeño es el mundo, más pesa.

Cuando se retrasa en el pago de la casa tiene que soportar las insinuaciones del dueño, un jubilado de banca con demasiado tiempo libre: «Si tú quisieras no tendrías que preocuparte tanto del alquiler....» Y a ella le gustaría poder decirle: «¿Quiere usted que yo le cuente esto a su mujer?». Pero no se atreve porque no quiere enfadarlo ya que no está segura de no volver a retrasarse el mes siguiente y le aterra la posibilidad de quedarse en la calle. Pero hay una razón más para no contestarle al casero: en la pugna entre dignidad y miseria aún no ha cedido, pero no sabe si será siempre así. Comprende que el hecho de no responderle como merece ya es empezar a rendirse, es dejar una puerta entornada y sabe que por el roto de la miseria puede escaparse cualquier día la dignidad. Se siente insignificante y el mundo pesa entonces un poco más.

Se peina con brío la melena oscura y se recoge el pelo en una cola desmañada. Hace demasiado calor ya para llevarlo suelto. Se pinta los labios de rojo frente al espejo del baño porque ha leído en algún sitio que es un sencillo gesto que levanta el ánimo. Pero de pronto piensa que podría cruzarse con el dueño de la casa y se retira enseguida el rouge porque no quiere darle ni el más mínimo estímulo a su imaginación de viejo verde.

Camina despacio, arrastrando los pies con morosidad como corresponde a alguien que carga el mundo sobre los hombros. Llega tarde al trabajo, aunque no se preocupa en exceso. La copistería para la que trabaja no tardará en despedirla, estamos en junio y la actividad cae drásticamente hasta septiembre. Su jefe la mira desde el otro extremo de la sala de fotocopiadoras, donde el calor y el olor a tinta se pegan al cuerpo como un trapo viscoso. Se acerca a ella con cara de circunstancias:

—Marina, ya sabes que en julio no hace falta que vengas.

—Ya lo sé, Javier.

—En septiembre te esperamos otra vez.

—Vale.

—Hija, qué cara pones, todo el mundo coge vacaciones.

Ella asiente con desgana mientras piensa: «sí, pero pagadas».

A media mañana suena el teléfono por primera vez. Marina desea de todo corazón que sea el encargo de una gran empresa que los mantenga ocupados los meses de julio y agosto como ocurrió, milagrosamente, el año anterior. No sabe qué va a hacer a lo largo del verano y siente pánico.

—¿Marina? Hola soy Juan...

—Hola Juan

—¿Estás bien?

—Regular, dime.

—¿Quieres que nos veamos esta tarde?

—No, prefiero que no.

—¿Cómo...?

—Que no quiero que nos veamos esta tarde, Juan. No quiero seguir con esto, esta relación no nos lleva a ninguna parte porque tú no quieres.

Y mientras lo dice, piensa: «porque tú no me quieres».

—Si te apetece lo podemos hablar luego...

—No hay nada que hablar.

—¿Estás segura?

—No, no estoy segura, pero creo que es mejor así. Adiós, Juan.

Al sacar un paquete caliente de folios recién imprimidos, una lágrima emborrona la primera página de una copia, arrastrando hacia abajo la tinta, como un chorrete de rímel. No debe estropear otro folio, son las normas de seguridad en el trabajo de una fábrica de champiñón congelado. Aguanta las ganas de llorar, siente arena en los ojos, aprieta los puños.

Cerca de la hora del cierre llega un chico con un encargo a color. Ella se desespera íntimamente porque es justo el día en que menos necesita un trabajo de última hora; sólo tiene ganas de llegar a su casa, bajar las persianas y acostarse en el sofá. El texto es la publicidad de la reapertura de un bar en la playa.

—Oye, ¿este bar no es el de Playa Larga, que llevaba años cerrado? —le pregunta al chico.

—Sí, nos hemos quedado con el traspaso mi socio y yo. Volvemos a abrir, la inauguración será el primero de julio. A ver si vienes.

—¿Y no necesitáis gente? Yo he trabajado de camarera algún tiempo.

—Oye, pues a lo mejor sí. No te garantizo nada, pero vente mañana y lo hablamos con mi socio.

—Mañana no puedo, tengo trabajo. ¿Puedo ir el sábado?

—Vale, nos vemos el sábado a las 10 de la mañana.

De vuelta a su barrio no puede dejar de pensar en todo lo que ha pasado esa mañana, los pensamientos tienen peso físico, son como piedras. Le duele la cabeza. Sólo quiere descansar. El sol del mediodía quema las paredes, el asfalto, el calor pesa en los ojos. Una niña pasa a su lado saltando, fresca y sonrosada, ligera y feliz como una flor de otro planeta. Al llegar a su portal se encuentra con el casero:

—Señor Matías, se me ha acabado el trabajo hasta septiembre, el mes que viene a lo mejor le voy a tener que pagar más tarde. Ya tengo vista otra cosa, tengo que ir este sábado.

—Hija, qué cosas te pasan. No sé por qué te preocupas tanto, lo de este mes lo podíamos dejar solucionado hoy mismo, si quieres tú...

—Mire señor Matías, me voy a ir a hablar inmediatamente con su mujer, a ver qué piensa ella de esa solución para el alquiler que usted propone.

—Pero qué dices mujer, si es una broma. Anda, anda, que poca cuerda tenéis las jóvenes de hoy, no aguantáis nada, de verdad. Ya me pagarás cuando puedas el mes que viene. Anda con Dios, hija.

A pesar de los achaques y el bastón, el viejo se aleja de ella a toda prisa. Cuando está a una distancia prudencial dice como para sí, aunque en voz bien alta.

—¡Menuda puta!

Marina no puede evitar sonreír. El mundo por una vez se ha vuelto para ella liviano como una gigantesca pompa de jabón. Esa noche el sueño no será de nuevo su enemigo.

LA PARÁBOLA DEL HIJO PRÓDIGO

En la casa éramos tres mujeres solas. El recuerdo del padre era un dolor distinto para cada una de nosotras. Mi madre trabajaba sin descanso dentro y fuera de casa, en las fábricas, en el campo, limpiando, en lo que fuera. Siempre estaba triste, siempre malhumorada. A veces nos decía a mi hermana y a mí: «cualquier día voy a tomar un camino». Yo tenía pesadillas en las que mi madre, vestida de negro, con medias negras y esas blandas zapatillas negras que solía llevar, tomaba un camino, se iba, camino adelante, sin volver la cabeza, con la única maleta de cartón y remaches dorados que había en la casa. Para mí no había peor maldición que oír decir a mi madre que iba a tomar un camino. El miedo a quedarme sola con mi hermana me angustiaba. Por eso yo hacía todo lo que se me mandaba puntualmente, no hacía ruido, no discutía, estudiaba en clase, ayudaba en casa, me pegaba a las paredes para ser invisible, para no molestar. Todo lo hacía para no oír «un día voy a tomar un camino», para que «tomar un camino» no se hiciera verdad un día. Yo apenas hablaba:

empujaba las palabras hacia dentro, me las tragaba, las almacenaba para luego escribirlas en un cuaderno.

Pero mi hermana era diferente. Ella era seis años mayor que yo y siempre había sido problemática. Hacía poco tiempo había tenido un novio que a mi madre no le gustaba. Tenía una moto ruidosa con la que venía a recogerla cada viernes. Luego mi hermana volvía tarde y oliendo a alcohol y tabaco. Mi madre intentó muchas veces evitar que se fuera con él, la abofeteaba, la encerraba con llave, la amenazaba con echarla de casa. Un sábado mi hermana regresó de madrugada con sangre en la nariz y cardenales en los brazos. El novio nunca más volvió. Mi madre se pasó varias semanas repitiendo «te lo dije, te lo dije». No supe con exactitud qué había pasado. Esa parte de su vida quedó para siempre en penumbra, había cosas que no se hablaban en una casa como la nuestra. Pero la rebeldía de mi hermana no se fue con el novio, seguía ahí, más oscura, más profunda, más amarga, aunque yo nunca me pregunté por su rebeldía, nunca pensé en ella, solo en mí. Solo me preocupaban los problemas que me causaban a mí su carácter explosivo y su vida desastrosa. Rompía la delicada superficie del equilibrio familiar, que si no era exactamente equilibrio era al menos una especie de tregua tácita que consistía en comer en silencio, cada una concentrada en su plato. El otro escenario, bastante frecuente, eran gritos, bofetones, platos rotos y churretes de sopa pared abajo.

Yo quería que mi hermana se muriera, pero la gente no se muere cuando tú quieres, se muere cuando le toca o cuando lo manda Dios, pero desde luego no cuando tú quieres. Da igual desearle o no la muerte a alguien porque no importa lo que tú desees y cuánto lo desees, la gente no se muere. Yo quería que mi hermana se muriera, pero no se moría. Luego iba a la iglesia y encendía una vela para que Dios me perdonara ese pecado mortal y tampoco sé si me lo perdonaba. Supongo que no, si me lo hubiera perdonado yo tendría que haber dejado de sentirme tan mal. Me fijaba en las velas que había encendidas y pensaba: «con una de esas velas he pedido a Dios que se olvide de que yo quiero que mi hermana se muera, pero ¿cómo se le va a olvidar si he puesto esa vela para recordárselo?». Y pensaba que era mejor apagarla. En una ocasión al salir de la escuela entré en la iglesia y, para que Dios se olvidara de mi petición, apagué de un soplido mi vela y otras dos. Esa noche no pude dormir pensando que podía haber arruinado los deseos de otras dos personas. Daba media vuelta en la cama y pensaba en esas pobres personas y sus pobres promesas que ya no tendrían valor. Daba otra media vuelta y pensaba en mi hermana mayor volviendo borracha a las cinco de la mañana, en mi madre llorando desconsoladamente, en mi hermana acostándose con ropa y zapatos y en su aliento alcohólico.

Mi madre se iba al día siguiente temprano a trabajar porque tenía turno de mañana en la fábrica de conservas. Yo me iba a la escuela y mi hermana se quedaba durmiendo. A veces, cuando volvía, seguía durmiendo; otras, estaba sentada en el escalón de la puerta de la cocina, fumando sin parar.

—¡Eh, fea! ¿Para qué estudias tanto?

Me daba rabia, pero no contestaba a esas provocaciones. Un día sí le contesté:

—Para no ser como tú.

Se levantó de un salto, me enganchó de los pelos y me estampó la cabeza contra la pared. Yo tenía once años y ese día me había venido la regla. A mi madre no le dije nada del golpe, pero me debió ver muy rara porque me preguntó qué me pasaba y le dije que había manchado las bragas.

—¡Dios mío!, dijo con tristeza, ¡Otra más!

Yo no sabía que ser mujer era una desgracia. Lo supe ese día.

Mi hermana no se murió, pero se fue de casa. Lo que yo pensaba que sería un alivio se convirtió en un tormento diferente. Se fue llevándose con ella lo único que nos quedaba de valor: el descanso nocturno. Mi madre ya no dormía, yo tampoco. Se pasaba la noche asomada a la ventana, apartando un poco los visillos esperando ver a la hija doblar la esquina dando trompicones y alborotar al barrio dando golpes en la puerta. Para evitarlo mi madre se quedaba ahí para abrirle antes de que llamara. Pero era una vigilancia inútil. Noche tras noche mi madre espiaba la calle, lloraba y rezaba. Se arrodillaba frente a la imagen de una jovencísima Virgen de escayola que había en su cuarto y rezaba. Rezaba frente a una Virgen sorda y ausente que ignoraba sus plegarias.

En nuestro ecosistema familiar ni mi madre importaba, ni yo, que tenía la sensación de ser invisible, tampoco. Mi hermana era un sol oscuro y desplazado que se lo tragaba todo, era un agujero negro, y todo giraba en torno a ella. Íbamos a misa y el cura hablaba en el sermón de la parábola del hijo pródigo, la parábola más injusta y certera de la Biblia. Un padre tiene dos hijos, uno derrochador y desordenado, el otro responsable y obediente. El hijo irresponsable reclama la herencia al padre y se marcha, mientras que el obediente se queda al lado del padre y lo cuida. Cuando el hijo pródigo regresa, pobre y arrepentido, el padre da una fiesta. Sin embargo, para el hijo que siempre ha permanecido a su lado no hay celebraciones.

Mi hermana regresó un domingo a mediodía como regresa el hijo pródigo. Pesaba diez o quince kilos menos, llevaba unos ropajes sucios y estrafalarios, se había teñido el pelo de un color rubio claro que parecía un puñado de paja dejado caer sobre la cabeza. En los brazos se le veían los mismos cardenales o al menos en los mismos lugares. Supe que no había ido a perseguir su felicidad sino su desgracia, la misma desgracia de siempre en un sitio distinto. Mi madre la abrazó llorando sin hacerle preguntas ni reproches: «¡hija, hija, hija, hija, hija!». Yo también lloraba, yo también la abracé, yo también tenía el corazón deshecho de contradicciones y olvido.

CARTAS

Cuando yo era pequeña mi padre decía: las cartas son aves de mal agüero. Por eso yo imaginaba que llegaban volando por el aire, pájaros blancos en forma de uve, como en los dibujos Infantiles. Cómo podía algo tan inocente encerrar mal alguno. A él le causaban inquietud porque, según contaba, todo lo malo le había llegado por carta:

El alistamiento en el ejército, donde, por accidente perdió tres dedos de la mano izquierda mientras limpiaba el arma reglamentaria. Él no quería hacer la mili, todo lo relacionado con la vida militar le disgustaba. Ni siquiera era cazador, una excepción en el contorno donde prácticamente todos los hombres tenían escopeta.

También le llegó por carta la denegación de la compensación estatal por la pérdida de los dedos, en la que había puesto todas sus esperanzas. Contaba con cobrar el dinero suficiente para poder poner un pequeño bar en la plaza del pueblo, un cuento de la lechera sin leche ni vacas a las que no hubiera podido ordeñar con esa mano de dedos ausentes. Quería dejar de trabajar en el campo y nada se le daba mejor que las relaciones sociales, hablar con la gente era su pasión y su mano incompleta era un tema de conversación recurrente. Fantaseaba con la idea de que su condición de casi manco no fuera inconveniente para llevar un bar que era, además, lugar de encuentro. Todo ventajas. Su ilusión se frustró por vía epistolar cuando, en una misiva del Ejército de Tierra, le informaron de que no era acreedor a ninguna ayuda porque el accidente se había debido a una imprudencia suya. «Imprudencia del recluta» manejando un arma que ya era vieja en tiempos de la batalla de Trafalgar.

La tragedia llegó por el mismo medio: una carta anunció que su padre, emigrante en Alemania, había sufrido un infarto fulminante y había muerto mientras empaquetaba analgésicos en la fábrica de Bayer, cerca de Colonia. Ironías del destino, manipular pastillas y que ninguna te sirva para salvar la vida. El engorroso y caro trámite de la repatriación del cadáver hizo que mi abuelo tuviera que ser enterrado en un pequeño pueblo llamado Bergisch-Gladbach, en un funeral costeado por la Bayer y al que solo pudo asistir mi padre, que era el mayor de ocho hermanos, a los que en adelante tendría que cuidar como un padre postizo, un padre sin dedos.

Por triste que pueda parecer esto, para mi padre lo más triste era que el cadáver de mi abuelo hubiera tenido que esperar la llegada del hijo conservado en un frigorífico, como una merluza, con lo friolero que era, decía, y que tuviera que ser enterrado tan lejos de su pueblo natal, sin nadie que pudiera llevarle un ramo de flores el Día de Todos Los Santos. Pero sobre todo y por encima de todo, rodeado de muertos extranjeros con los que no podría hablar (la conversación era el motivo existencial de mi padre) porque apenas sabía decir en alemán poco más que *guten Morgen, ich heisse* Cayetano. Yo le dije a mi padre en una ocasión que, en todo caso, el extranjero era el abuelo pero que tenía toda la eternidad para poder aprender alemán. Me contestó enojado que no era bonito hacer bromas con los muertos y menos si eran de la familia. Pero yo no pretendía hacer ninguna broma sino seguir la lógica suya de un Más Allá con límites geográficos y divisiones culturales. Aquella apreciación mía le sirvió, cómo no, de jugoso tema de conversación y acodado en el mostrador del bar del López dilucidaba con los parroquianos si los muertos aprenden idiomas. Cuando fallecía algún conocido, y casi todos en el pueblo lo eran, siempre decía: mira, con ese sí que le habría gustado a mi padre estar muerto.

Se trajo el reloj de pulsera de mi abuelo porque nada le parecía más inútil que un reloj en la muñeca de un muerto, qué tiempo mediría, de qué vida. Consideraba una injusticia intolerable que el reloj siguiera andando y el hombre no. Sin padre, sin dedos, sin bar, unas pérdidas parecían convocar a otras y todas las había traído el cartero en su saca de cuero gastado, dentro de un sobre blanco, ominoso, anunciando en cada visita que la vida sería para él un poco más dura de lo que ya era. Sin embargo, aparte de su antipatía por las cartas y a pesar de la dureza de su vida, mi padre era un hombre extravagantemente alegre y confiado, al que era fácil engañar, o eso decían, aunque yo nunca creí que nadie le engañara nunca. Mi madre se desesperaba con él y decía muy a menudo: «Tu padre de tan bueno es tonto». Y yo pensaba: «No, mi padre de tan feliz es bueno». La alegría era en él una condición hegemónica, para la que el rencor o la mezquindad suponían estorbos inadmisibles. Era perfectamente inmune a los rencores y a los disgustos duraderos. El hecho de que no tomara represalias frente a los pequeños (o grandes) agravios que sufría, a menudo por parte de sus propios hermanos que sólo sabían pedir y nunca daban nada a cambio, le hacían parecer un hombre pusilánime. No lo era. Yo creo que era un sabio y que tenía un plan preciso. No permitía que las mezquindades ajenas le distrajeran del objetivo principal de su vida: ser feliz.

No todo fue mala suerte en su vida: era muy aficionado a los juegos de azar y consiguió su soñado bar en la plaza gracias al dinero que ganó con un cupón de los ciegos. Cada vez que compraba el número decía: «Mira, Ángeles, con este me compro el bar». Y así fue, la diosa Fortuna, por una vez, se acordó de él y lo favoreció. Después de aquello, jamás volvió a comprar ninguna otra lotería. Consideraba cubierto su cupo de buena suerte y él se decía tremendamente respetuoso con el Destino. El cupo de mala suerte, en cambio, no se le había agotado. Pero esa es otra historia.

Yo no heredé su manía contra las cartas, bien al contrario: siempre he tenido relaciones epistolares, desde pequeña. Me estuve escribiendo durante años con una amiga del colegio que se mudó a otro pueblo. Visto ahora, cuarenta kilómetros no es distancia y hubiéramos podido vernos más a menudo, pero tal cosa no ocurrió. Nuestros respectivos padres no podían emplear tiempo ni energía en que dos niñas de siete años continuaran viéndose, por muy amigas que fueran. Por eso, aunque la distancia era relativamente corta, para mí fue como si se mudara de planeta. Pero sin embargo la relación a partir de ese momento adquirió otra dimensión: empezamos a escribirnos. Paradójicamente, con las cartas era como si todo fuera más real. Quedaba un documento escrito, todo adquiría mayor profundidad, se hacía tangible. Los acontecimientos cotidianos y los pensamientos se ordenaban y se hacían concretos y permanentes, al menos para mí.

Escribir hacía la vida más inteligible. Nos mandábamos dibujos, alguna foto, tarjetas postales, enriqueciendo con ello el intercambio. Esperaba con ilusión la llegada del cartero, al contrario que mi padre, aunque siempre he pensado que su sentimiento y el mío eran el mismo, como el positivo y el negativo de una foto. Había en su temor y mi ansiedad una misma tensión con un mismo objeto como hilo conductor.

Como no quería que mi amiga Pepi se cansara de las cartas, como así acabó ocurriendo, yo me esmeraba cuanto podía por hacerlas atractivas e incluía, aparte de los dibujos, poemas, flores secas, muñecas de papel, pañuelitos de seda, para que ella esperara además de mis palabras, un pequeño regalo. No sólo eso: subí de nivel y empecé a inventar historias que dejaba a medias para continuar en la siguiente carta, previa respuesta de Pepi. Cuando años más tarde leí *Las Mil y una noches* pensé que quien lo hubiera escrito debía tener un amigo en otro pueblo.

Todos mis esfuerzos por continuar la relación epistolar no pudieron contra la pujanza y la dispersión de la adolescencia. Mientras yo me quedaba en casa escribiendo historias para mis cartas, como la chica rara que he sido siempre, Pepi se iba a la discoteca de su pueblo, a disfrutar de su juventud como correspondía a la época. Las cartas debieron parecerle un entretenimiento infantil y dejó de responder, algo que yo venía temiendo desde hacía largo tiempo por su desgana y poca creatividad al contestar. Las cartas se fueron espaciando. Le perdí el rastro.

Ahora estoy viviendo en Normandía, como lectora de español en un colegio remoto, frente al inmenso Océano Atlántico. Es hermoso, sí, pero las tardes son tan cortas y la luz tan escasa que a veces me acuesto a las seis de la tarde. El sol tiene un brillo tímido que tiñe todas las cosas de un color desconocido. Las playas à *perte de vue*, infinitas. La gente es amable pero poco comunicativa, la vida social es muy escasa. Hay teléfono en el bar del pueblo, pero no en la casa donde vivo. Las cartas son mi tabla de salvación. Esos pájaros blancos de mi infancia atraviesan el cielo tres veces gris de Normandía para traerme noticas del mundo que he dejado temporalmente atrás. Mis padres a veces me mandan pequeños paquetes a la *Poste* con ropa, queso, embutido. Siempre los envía mi padre, mi madre siempre ha huido de este tipo de gestiones para las que se siente totalmente inútil. Pero hoy no había paquete, era un telegrama remitido por mi madre que aún no he abierto y que permanece desde esta mañana en la repisa de la chimenea. He comprendido hasta qué punto una carta puede ser, como decía mi padre, un ave de mal agüero.

ENCOFRADORES

No había querido estudiar. El último curso me lo había pasado en el parque casi todo el tiempo. Mi madre se desesperaba. La idea del gimnasio fue de ella. Por lo menos que haga algo, decía. Ya llevaba mucho tiempo en el gimnasio Avenida y trabajando de repartidor o de camarero, lo que iba saliendo. Ese verano me preparaba para ser culturista, quería participar en una competición que iba a tener lugar a final de verano. Necesitaba ganar dinero porque entre el gimnasio, la alimentación, el entrenador personal para el concurso, los complementos que no siempre eran fáciles de encontrar, la inscripción en el campeonato tenía más gastos, para mí solo, que una familia numerosa. Y eso que seguía viviendo con mis padres y me quedaba con todo lo que ganaba, a pesar de la bronca permanente con mi madre. Mi padre siempre decía:

—Deja al chico, mujer; ya que yo no pude ser boxeador, que lo sea él.

—Papá, yo no quiero ser boxeador.

—Tú te callas, ¿Qué sabrás tú lo que quieres ser?

Busqué trabajo en los albañiles, me lo recomendó mi entrenador. Ganaba cien euros al día o más y era parte de mi entrenamiento. Luego un primo mío me metió a trabajar con él en los encofradores que ganaban todavía más. Se llamaba Ginés, como nuestro abuelo, pero todo el mundo le llamaba Yimi, nunca supe por qué.

Yo era el más joven, tenía 19 años. Siempre procuraba cuidar mi alimentación, no bebía ni fumaba. Rara vez me metía. Muchos albañiles desayunaban dos cigarros y un carajillo bien cargado. Más de uno iba a trabajar borracho y si no estaban ya borrachos (e incluso si lo estaban) a la hora de almorzar se bebían un litro de cerveza cada uno, para empujar el bocadillo, decían. Eso en mi cuadrilla. No sé si en las demás harían lo mismo, pero por las anécdotas que contaban debía ser así y peor.

Mi primo se reía de mí por lo del culturismo y me decía:

—Joder, mira que eres maricón.

Pero cuando me ponía a trabajar con él me miraba con envidia porque veía que no me fatigaba. Aquel día salimos. Era viernes. Al terminar el tajo me dio un pescozón en la nuca y me dijo:

—Juanito, vamos a Las Candelas que han traído material nuevo.

Muchos días nos íbamos a la obra directamente desde el puticlub, ese día lo hicimos al revés, nos fuimos al puticlub después de dar de mano en la obra. No me hacía falta pasar por mi casa, siempre llevaba la mochila del gimnasio.

Me duché en la gasolinera y me puse una camiseta y unos vaqueros limpios.

—¿Es que te piensas que vas a ligar, tronco?, me dijo. Él entró al puticlub hediendo a sudor viejo, cubierto del polvo naranja del óxido de la ferralla y con las manos enrojecidas y duras de manejar el hierro del encofrado.

Levantó las dos manos mostrando las palmas y dijo en voz bien alta al camarero:

—¡Qué, Manolo! quieres que te lije la barra? Los clientes se rieron, todo el mundo se reía de las cosas del Yimi.

La luz era mortecina y el humo se podía masticar. Allí se seguía fumando, no venía nadie a multar. Si algún guardia caía por allí era a follar, aunque no solíamos coincidir porque a ellos la hora que mejor les venía era la de la siesta: estaban ya fuera de servicio y a sus mujeres les podían decir que se había alargado el trabajo.

Sonaba reguetón a todo volumen. Las chicas bailaban intentando provocar, tocando a los hombres más arriba del muslo con una mano y sosteniendo el cigarrillo con la otra.

Elegimos a dos que no habíamos visto antes, eran rumanas y nos decidimos por ellas solo por variar un poco. Yimi decía que follar siempre con la misma era de gilipollas. No hablaban español, Sólo sabían decir «Hola guapo, ¿quieres marsha?». Nos metimos los cuatro en una habitación. Habíamos cobrado esa mañana. No sé cómo lo hizo, pero a Yimi le había dado tiempo de pillar farlopa y rulas.

Cuando las chicas se desnudaron, él ya se había metido por lo menos medio pollo. La mandíbula se le empezaba a desencajar.

La de él era tan delgada que se le contaban las costillas, le gustaban así. La mía tenía buen culo y buenas tetas, pero parecía asustada o triste o las dos cosas.

Mientras yo me la follaba y la otra se sobaba las tetas delante de nosotros, Yimi se acabó el segundo güisqui y fijó los ojos en la mía.

—Pero ¿qué le pasa a esta tía? Tiene cara de amargada. ¡Esaboría!, le gritó.

—No te entiende, dije.

Le lanzó un cojín a la cara.

—¡Ahora sí me ha entendido!

Ella volvió la cabeza hacia el otro lado, creo que lloraba.

Si algo le sobraba a Yimi no era la paciencia, pero cuando se metía un par de rayas entonces ya sí que perdía todo freno.

—¡Hostia con la tía esta, menudo muermo!

Empezaba a perder la calma. La más delgada tampoco entendía una palabra, pero por el tono veía avecinarse bronca, miraba de reojo a la compañera y se aplicaba con frenesí en chupársela a Yimi para que se tranquilizara. Él, después de correrse se puso los pantalones de un brinco y salió pitando de allí dando un portazo. Me lo encontré fumándose un chino en la barra y explicándole a Manolo con voz dificultosa la diferencia entre el hormigón de forjado y el cemento de enlucido. Manolo tenía cara de querer irse a su casa a dormir y le contestaba con monosílabos. Y porque era Manolo, si llega a pillarle de turno a su hermano, lo manda a tomar por culo sabiendo que al día siguiente Yimi no se iba a acordar de nada. La coca le borraba el disco duro, como le gustaba decir a él.

Al salir nos encontramos con la encargada.

—Reme, vaya unas sosas que os habéis traído. Menuda mierda de polvos para 90 euros que nos habéis levantado. El próximo día nos vamos al puticlub del Cruce.

—¿Con quién habéis estado?

—Yo qué sé, dos rumanas, una flaca y otra con las tetas grandes.

—Ah, son nuevas, hijo. Veniros el próximo día y os hago descuento.

—Mmm…, ya veremos.

Yimi compró un botellín de agua en la barra, se puso dos pastillas en la palma y se las echó a la boca de un golpe sin mirarlas.

—¿Qué te has metido, Yimi?

—Yo qué sé. Están buenas todas, no como las tías esas, que mira tú los petardos que nos han tocado esta noche. ¿Quieres una?

Negué con la cabeza

—¡Qué sosainas, tío! ¡Tienes que aprender a divertirte, joder, no va a ser todo el día levantar pesas y comer pescado, que yo no sé qué tiene la mierda esa del culturismo!

Salimos.

Cuando se sentó al volante sudaba copiosamente. Abrió la guantera, sacó la carpeta de los documentos del coche y se hizo dos rayas con una destreza impecable.

—Venga, Juanito, que hay que divertirse.

Le secundé porque me estaba dando sueño. Me desperté de golpe.

Yimi seguía sudando, ya no articulaba las frases con claridad y las pupilas se le abrían desmesuradas.

—¿Quieres que conduzca yo?, le dije

—Vamos a ver, Juanito, ¿yo qué te tengo dicho? En mi coche y en mi novia sólo pongo las manos yo.

Hablaba arrastrando con trabajo las palabras.

Lo dejé hacer como tantas otras veces. Yo estaba híper despierto pero cansado, ya había cruzado la línea, me daba todo igual. Le pregunté que qué iba a hacer al día siguiente y pareció no oír o no entender. Se lo pregunté otra vez. No se movió, las manos agarradas al volante, los brazos muy estirados. Entre las brumas del alcohol, las drogas y el cansancio su cabeza atravesó un espacio sideral, me miró desde otra dimensión, sonrió demente, soltó el volante, pisó el acelerador y volamos hacia el vacío. «¿Qué haces, hijoputa?», acerté a decir antes de que el coche se estrellara contra el hormigón y yo sintiera romperse todos mis dientes al chocar entre sí. Todo lo demás se me ha borrado por completo hasta ahora. Aún no he preguntado dónde está Yimi.

LA PRÓXIMA SERÉ YO

Me había comprado aquella casa con mucha prisa. Me acababa de separar. No conseguía reponerme del hecho de que mi hija de doce años hubiera decidido quedarse con su padre. No es que fuera una sorpresa, claro, nunca conseguí que nos lleváramos bien, pero fue muy doloroso quedarme doblemente sola. Sola y derrotada, eso pensaba en aquel momento porque había perdido dos batallas contra mi marido, dos batallas con tres bajas: él, la niña y yo.

El día de san José, por mi cumpleaños, mis amigas me regalaron un perrito. Me pareció una frivolidad al principio, pero yo, con todo mi carácter explosivo, no tuve fuerzas en aquel momento para rechazarlo. Le llamé Marzo. Cómo imaginar entonces cuánto llegaría a quererlo.

La casa tenía una terraza enorme que daba sobre un valle. Tan hermoso era que allí pasaba con Marzo casi todas las tardes. En mi ánimo sentía que el valle era mío. Al menos tenía aquello: Marzo y el valle. Fueron terapéuticos.

A pesar de haberlo anunciado, una noche llegaron de improviso y empezaron a roturar el valle que quedó pespunteado después por brillantes mangas de plástico negro. Hidropónico oí decir. En él plantaron hileras de matitas pequeñas. El valle desapareció, quedó un erial con enormes rayas negras de lado a lado, como la sombra de las rejas de una prisión. En poco más de un año, aquellas pequeñas plantas eran ya mandarinos que daban frutos del tamaño de un puño.

Una noche me despertaron los ladridos de Marzo que parecía haber enloquecido. Oí bufidos y resoplidos en mitad de lo que había sido el valle. Alumbrados por tenues luces como fuegos fatuos, envueltas en nubes turbias, tres máquinas gigantes fumigaban miles de arbolitos idénticos. Al día siguiente toda la terraza estaba cubierta de abejas muertas.

A partir de ese día me despertaba por las mañanas un silencio incomprensible. Solo lo supe más tarde: no había pájaros. Todo era verde, era un desierto verde. No era el desierto, era el valle de Josafat. El desierto tiene vida y esto no.

Eso fue hace ocho meses. Esta mañana, después de una larga agonía, Marzo ha muerto.

CARRERA CON EL DIABLO

El padre propina al hijo largas palizas, metódicas y desapasionadas. Pedagógicas. Tiene la intención de educarle en la resistencia máxima a la frustración, que es lo que considera que ha hecho de sí mismo un hombre de éxito. Aunque su propio padre, aquella mala bestia, sólo lo hacía por debilidad de carácter y alcoholismo, él decidió que aquellas palizas intempestivas habían forjado para siempre su carácter resolutivo y emprendedor. Quería lo mismo para su hijo sustrayendo previamente el aspecto barriobajero al tratamiento, añadiendo todo el carácter refinado que él, niño del arroyo, había conseguido adquirir a base de trabajo y tesón.

Lo logró a fuerza de tardes de estudio en la biblioteca pública, escondiendo bajo la mesa sus zapatos rotos, su pantalón raído, recogiendo las mangas deshilachadas de su suéter. Comprendió enseguida que tenía que estar presentable. Se lavaba la cara en el aseo público y se echaba el pelo hacia atrás con agua. Se convirtió en un experto en disimulo. En la biblioteca había calefacción y cerraba tarde, con un poco de suerte quizás al llegar a casa el padre, y seguramente también la madre, estuvieran durmiendo la borrachera. Un profesor que tuvo en sexto curso le ayudó y le gestionó la primera beca. Eres muy inteligente, le decía, trabaja y estudia, trabaja y estudia y serás el mejor. Su seriedad adulta infundía respeto y le alejaba de los compañeros. Las becas, de las que el padre nunca supo, le ayudaron a llegar a la universidad para estudiar derecho. El trabajo nocturno, el estudio diario y una constancia titánica le permitieron largarse de aquel barrio de la periferia y no volver ni para ver a sus hermanos. Treinta y cinco años después le tocó juzgar por delitos contra la salud pública a uno de ellos, el menor, que no le reconoció. El deterioro moral y físico del hermano era ya extremo. Imposible no pensar que él se podría haber convertido en aquella piltrafa humana y, sin embargo, merced únicamente a su propio esfuerzo, hoy en día se hallaba en la cima de su carrera profesional. Dictó para el hermano una sentencia exenta de sentimentalismo.

Ahora no tolera que su propio hijo, a pesar de tener a su alcance todos los medios materiales posibles, sólo sea un alumno mediocre. Adónde habría llegado él, se dice, si hubiera dispuesto de todas esas comodidades y esa seguridad. Le gustaría no disfrutar golpeando al hijo para no parecerse a su padre, cuya miseria personal le llevaba a maltratarle con saña en medio de gritos, mocos, jirones de ropa sucia y olor a orines y alcohol. Aunque a veces, cuando regresa del juzgado cargado de frustración, siente el impulso de buscar el cinturón y aplicar al hijo la disciplina que haría de él un hombre, pero finalmente se resiste a emplear la violencia sólo como método. Él no es un salvaje.

No ha sido un buen trimestre para el niño. A pesar de las largas horas de estudio prescritas por el padre, no consigue concentrarse, cada vez le cuesta más trabajo. Tiene pesadillas, duerme mal y en clase no rinde. Los profesores le preguntan qué le pasa, que cada día está más despistado, le dicen que si sigue así suspenderá el curso. Sólo siente alivio en clase de educación física, sobre todo cuando los llevan al polideportivo y puede correr alrededor de la pista más y más rápido mientras imagina que se aleja de su propia vida. Cuando compiten contra otros colegios siempre gana, entre vítores y abrazos de entusiasmo de compañeros y profesores. En su cabeza se repite la frase admirativa que le oyó al director: este chico corre como si lo persiguiera el diablo. El profesor de educación física le dijo al padre que tenía en casa a un magnífico corredor, que debería inscribir al chico en un club de atletismo, pero al padre no le impresionó en absoluto. Las actividades físicas no tienen para él el más mínimo valor porque considera que cualquier patán podría hacer otro tanto. Sólo los estudios universitarios que impulsen al hijo a una posición social elevada son una opción válida.

El niño arrastra ese día una angustia que lo ahoga. Tiene que mostrar el boletín de notas a su padre. Le tiemblan las rodillas al acercarse a casa. Durante la comida muda sólo se pronuncia una frase, una sentencia: «ya sabes que hoy te toca». El niño busca inútilmente refugio en los ojos de la madre, que le hurta la mirada como tantas otras veces. El padre rara vez tiene un acceso de rabia, no grita, apenas hace ruido, aplica el castigo de forma solemne y en silencio, aunque el hijo puede oír cómo su corazón excitado golpea contra el pecho, cuyo ritmo se acompasa con sus propios gemidos, el único ruido que se le permite hacer.

Más tarde, mientras pasea a solas por el parque, rodeado de palomas, esperando a la madre, en su mente resuena la voz fría del padre que le llama al despacho, huele su colonia cara mezclada con sudor, oye el chasquido de la hebilla de su cinturón, siente el cuero sobre su espalda. Entonces aprieta los puños, rechina los dientes. Y en un momento, de una sola patada, entre un revuelo de plumas, una paloma queda panza arriba en la gravilla del jardín.

Ese mismo día, la madre ha ido a la modista, a hacerse la última prueba para un vestido de gala que tiene encargado. Se complace en acariciar con la vista y con las manos el tejido carísimo. Al marido le han concedido el premio de la ciudad al mérito en el trabajo; le harán entrega en el salón de plenos del ayuntamiento y, después, cena en el casino. Ella nunca ha recibido un golpe, pero ya no recuerda cuándo el primer puñetazo en la mesa la paralizó de miedo, cuándo la primera sentencia liquidó su voluntad, cuándo el primer menosprecio la convirtió en cómplice involuntaria. La mujer está cada día más ausente de su propia vida, se sabe anulada, está acostumbrada a no pensar; cada vez cuenta menos, cada vez le cuesta más. No se atreve a oponerse al marido ni de pensamiento, pero recuerda los gemidos ahogados del hijo tras la puerta y sin saber cómo, en ese momento derrama el café, que la asistente de la modista le ha servido, sobre el vestido primoroso.

Camina de vuelta hacia el parque donde le espera el chico, arrastrando los pies con morosidad y encorvando la espalda como si llevara el peso del mundo sobre los hombros.

Cuando llega, la madre encuentra al niño llorando, sentado en un banco del parque, mientras acuna en el regazo una paloma herida.

LOBAS

Si Dios no me hubiera hecho tan pobre yo no haría esto. Que me perdone Dios lo del viejo y yo le perdono a Él lo de tenerme pobre.

Mis padres tenían más hijos de los que podían contar y desde luego más de los que podían alimentar. Y sin embargo a cada ocasión, a cada descuido, mi padre se tendía sobre mi madre. Ella empezó a dormir con un enorme cenicero de bronce en forma de lagarto al alcance de la mano. En una ocasión en que, en mitad de la noche poblada de respiraciones infantiles y de toses, él, bebido y torpe, levantó la sábana y le subió una mano por el muslo, ella le correspondió con un cenicerazo. La oreja le sangró y quedó tendido en el suelo, medio inconsciente, medio borracho. Pero a partir de ese día empezó a dormir la trompa en un sofá desvencijado a la entrada de la chabola. El lagarto de bronce resultó ser el control de natalidad definitivo.

Las cosas no mejoraron, pero tampoco empeoraron. Las ausencias de mi padre eran más prolongadas, pero al menos ese año ya no hubo embarazo. Yo soy la mayor y solo recuerdo a mi madre o embarazada o amamantando.

Lo malo de mi padre era que bebía porque cuando no bebía nos reíamos mucho con él: nos daba besos a chorros; encendía una lumbre en la calle y asaba patatas para nosotros; ponía la radio a todo volumen y bailaba dando saltitos ridículos, mientras mi madre, desgreñada y gris, lavaba ropa inclinada sobre un barreño en la puerta de la chabola mirándonos de hito en hito. Mi padre se inventaba juegos disparatados. Tomaba en brazos al más pequeño y le hacía cucamonas y carantoñas hasta que le sacaba una carcajada sin dientes. Los demás le reíamos las gracias inesperadas saltando a su alrededor, como una jauría de cachorros ruidosos y hambrientos. Eufóricos. Agradecidos.

Lo malo de mi madre es que era mala. Tenía el lomo como un serrucho, siempre de malhumor, siempre erizada de gritos. Nos molía a palos. Tengo una imagen de ella arrodillada fregando el suelo mientras dos bebés gateando le levantan la camisa y se enganchan a mamar, pero no sé si es un sueño o un recuerdo. Vi en la tele la estatua de una loba amamantando a dos niños. Así era mi madre, igual que la loba: a dentelladas se defendía de nosotros, a bofetones. A veces se iba y nos dejaba solos. Sé que se iba huyendo, escapaba de nosotros. El más pequeño lloraba de hambre. Luego regresaba envuelta en una nube de intemperie, con las tetas doloridas, aturdida y casi feliz. Se comía a besos al más pequeño mientras lo amamantaba fieramente. Los demás también teníamos hambre o frío o mocos o peleas. Poco a poco iba recuperando el ceño, las voces, la bilis, las zapatillas voladoras. Aunque quizás no era mala y simplemente había demasiados cachorros colgando de sus tetas.

Lo del control de natalidad me lo dijo la asistente social. Y yo le dije: eso qué es. Y ella: que no tengas más hijos, que vas por el camino de tu madre. Y yo: si no quiero tenerlos, pero qué hago. Y ella: pues esto y esto. Yo tenía diecisiete años y acaban de nacer mis gemelos, niño y niña. Y ella: te da tiempo de tener otros veinte. Me parecieron muchos. Parir es terrorífico. Parir así. Agradecí el control de natalidad, yo no quería tener más. Ni recurrir al lagarto.

Y de momento no he tenido más, pero a estos dos hay que darles de comer. Porque se podría pensar que cuando alguien está en el suelo ya no puede seguir bajando, pero en realidad sí. Lo difícil es subir o salir o cambiar. Igual que mi madre, yo también tuve hijos que no esperaba. Yo también fregaba suelos. Así conocí al viejo.

El padre de mis hijos, como mi padre, es un payaso. Me hace hijos como mi padre a mi madre y me hace reír. Pero después de jugar un rato con los críos, de hacerme promesas imposibles de trabajos inventados y de echar un polvo alegre se larga y vuelve al día siguiente o a los tres días o a la semana. Y aquí me quedo yo con estos, que comen a diario. Me quedo con unas ganas de follar que no se me acaban, deseando que vuelva para echarme otro polvo. Para todo lo demás es un inútil.

Aún no lo he dicho, pero me voy a casar con el viejo. Yo fregaba la escalera de su edificio cuando lo conocí. Él llevaba chándal y subía los escalones moviendo mucho los brazos y resoplando, como alguien que quiere hacer deporte, pero le faltan las ganas o las fuerzas. Paró en el rellano y comenzó a hacer estiramientos. Luego supe que llamaba a eso gimnasia sueca. Se me quedó mirando mucho rato sin decir palabra mientras yo me agachaba para escurrir la bayeta en el cubo y fregar la barandilla. Él me dijo: necesito alguien que limpie en mi casa. Y yo pensé: tú lo que necesitas es una porno chacha. No me equivoqué.

No es mala persona, al contrario, es amable y educado, aunque mis hijos podrían ser sus bisnietos. Habla por los codos; me cuenta anécdotas de su vida con todo lujo de detalles sin esperar a que le conteste, lo cual es un alivio. Siempre lleva ropa de deporte, dice que para hacer ejercicio, aunque, que yo sepa, todo lo que hace es subir y bajar escaleras aleteando como un palomo. Tiene buen aspecto: me sorprendieron sus dientes blancos y parejos hasta que los vi dentro de un vaso sobre la mesilla. Se peina haciendo una cortinilla con el pelo para cubrir la calva y no come mucho; suele decir que los kilos te echan años. A él ni uno porque está como el filo de un cuchillo.

Tiene la casa llena de vírgenes, estampas y libros sobre vidas de santos. Va casi cada día a oír misa porque cree que la virgen le salvó la vida cuando tuvo el infarto. En realidad, le salvó un testigo de Jehová pelmazo que acertó a pasar por allí y llamaba sin parar al oír ruidos raros dentro de la casa. Como nadie contestaba, acudió a la portería. Se lo encontraron tirado en el suelo, se había orinado encima. Con la manía que le tiene él a los olores: se ducha dos veces al día.

El piso es muy bueno, todo exterior, con tres dormitorios y cocina y cuarto de baño con azulejos hasta el techo y agua caliente. Tiene de todo, hasta ascensor en el edificio van a poner. Frigorífico, lavadora, de todo. Cuando ya estaba en su casa trabajando me dijo un día: si te casas conmigo pongo el piso a tu nombre. Eso no me lo esperaba. No es que no sepa dónde se mete al hacerme la propuesta, porque no es tonto, pero le tiene pánico a morirse solo y que se lo encuentren un día cuando los vecinos se quejen de la peste. El mal olor es algo que le tiene obsesionado. Es un hombre limpísimo.

Solo llevo aquí un par de meses, pero él se quiere casar ya para no vivir en pecado. Cosas suyas. Por eso va todos los días a ponerle velas a la virgen, para que haga la vista gorda con lo del amancebamiento, como él le llama. A mí la boda me da igual, pero me hace muchísima ilusión el piso. Me paso el día poniéndolo bonito. Está precioso y el viejo muy contento con tanta limpieza. Esta semana puse flores en un jarrón. El sol entraba a raudales, las cortinas flotaban. Yo nunca había vivido así.

Dice la monja de Cáritas, que fue la que me buscó el trabajo, que lo que hago no está bien y que Dios todo lo ve. Pues será ahora que me dedico a zorrear. Cuando comía tierra, ¿también me veía? ¿Cuando me rascaba los sabañones que me salían del frío? Qué me reclama ahora si nunca se ha dignado a aparecer por las chabolas. Pero no soy tonta, aunque la monja crea que sí. Yo sé que el viejo no tiene la culpa de que yo comiera tierra, pero yo tampoco puedo hacer otra cosa.

Qué quiere que haga: tengo dieciocho años, dos críos, o más bien tres si contamos al padre, y soy yo la que tiene que alimentarlos a todos; hemos estado viviendo en una casa ocupada, sin agua y con la luz enganchada de la farola. A mis hijos los visto y los calzo en Cáritas. Además, el viejo no molesta mucho porque casi no se le levanta. Lo que le gusta es la compañía; es viudo sin hijos, no tiene a nadie. Y precisamente compañía es lo único que nosotros sabemos hacer bien. Aunque él no sabe que yo sigo con el padre de mis hijos, cree que soy madre soltera. Bueno, lo cree porque es lo que yo le he dicho. Por eso me persigue la monja con rollos de un dios que a mí no me importa porque yo no le importo tampoco.

Aunque no nos hemos casado aún estamos ya todos metidos aquí. Todos menos mi novio, claro. Ese se pasa el día acechando el portal: cuando ve que sale el viejo, se mete en el piso, le vacía la nevera de todas las cosas buenas que tiene y me echa un polvo rápido, con las orejas afiladas como un perro de caza por si vuelve antes de tiempo. A mí esto no me gusta, pero así mis críos no tendrán que lavarse la cara en un cubo de agua helada y alumbrarse con la luna.

Los vecinos me miran de reojo. Están viendo a mi novio subir y bajar escaleras, con las pintas que tiene. La presidenta de la comunidad me ha dicho que ya no me necesitan, que va a meter a una sobrina suya. Se me ha acabado el trabajo decente y solo me queda el de porno chacha.

Mis hijos, me reclaman, el viejo me reclama porque claro, aunque pocas, él también tiene sus necesidades, mi novio me reclama, y yo solo tengo ganas de echar a correr y no parar hasta que se me deshaga este nudo de rabia que se me aprieta a veces en el estómago. Me falta el sosiego, siempre como esperando que algo suceda, pero qué.

Mis hermanos, como miembros de una manada fallida, están desperdigados. Los lobos están juntos hasta el fin, pero las chabolas no favorecen la unión familiar. Mi padre, que andaba por ahí dedicado al trapicheo y solo volvía de vez en cuando, hace un tiempo se metió en la casa y le dijo a mi madre: déjame solo y no me molestes, quiero beber tranquilo. Muchas noches ella duerme en la calle porque, aunque es dura como un soldado, no siempre puede enfrentarse ya al delirio de la bebida. Pero empieza a hacer frío. Por si fuera poco, se ha roto una pierna.

Por eso decidí traérmela aquí unos días. La recogimos de la chabola. Mi padre quiso decir algo, pero no le daba el habla, la botella rodó hasta sus pies, su sombra se proyectaba con el contorno de un animal. Mi novio me ayudó porque ella está muy torpe. Aunque es más joven, parece mayor que el viejo: la miseria sí que echa años encima. Subiendo las escaleras se apagó la luz; palpamos las paredes, parecíamos furtivos extraviados en lo oscuro. Quería que se fuera mi novio antes de que llegara el viejo, pero mi madre subía a paso agónico cada escalón. Yo tenía el corazón en la garganta. Él había pasado toda la tarde jugando al dominó en el hogar del pensionista. Cuando regresó estaban allí los dos desconocidos. Arrugó la frente. Le dije que eran mi madre y mi hermano, que habían venido de visita. Les puse de cenar. Mi madre se comía la carne con las manos y decía limpiándose con la manga: ay, ¡qué a gusto voy a dormir en esta casa! Mi hija le echaba los brazos a su padre y decía con lengua de trapo: «¡pá, pá, pá!». El viejo no se atrevió a protestar, solo dijo que no tenía hambre. Se sentó en el sillón delante de la tele y puso el telediario.

Entonces lo miré. Lloraba en silencio.

CON PRISA CAMINA TU SOMBRA

Con prisa camina tu sombra. Recorres a buen ritmo el tramo que hay entre el final del río y el cementerio. Estás buscando el camino de regreso a casa. Has escapado hace tres días de tu encierro y desde entonces has estado vagando, quizás andando en círculos intentando orientarte. Tropiezas con una lata y el contacto con el metal te eriza al recordarte el frío de la cadena que te sujetaba a la pared. Abres mucho la boca y tragas una bocanada de aire fresco. El aire, la luz, las frondas de los árboles más altos, el rumor de las hojas, el campo abierto, cuánto has echado de menos todo eso, tú, tanto tiempo encerrado, tú, que eres un cazador de estrellas. Empieza a amanecer. Un fulgor rosa se levanta sobre las copas de los cipreses que rodean el camposanto. Huele a humedad, a barro, a hierba fresca. Se borran los últimos luceros mientras comienzan a encenderse las primeras luces en el pueblo que se vislumbra en el horizonte. Aligeras el paso porque ahora sí, porque ahora has encontrado el camino de vuelta al hogar. Tu corazón brinca de alegría dentro de tu pecho, recorres a la carrera la distancia que te separa de los altos muros de tu casa, la felicidad debe ser eso que ahora sientes, esa plenitud. Ya te llegan los aromas que te son tan familiares. Das toda la vuelta hasta llegar a la puerta de entrada. El ruido ha despertado a los gallos que comien-

zan a cantar con algarabía, la casa se despere-
za, brillan algunas luces en su interior, se oyen
pasos. Estás de nuevo en casa. En casa. Se abre
la puerta. Te lanzas con alegría a lamer la mano
que sujeta la cadena.

CARICIA

Mi madre vino desde el pueblo en autobús a verme al hospital. Todavía me pregunto cómo consiguió aclararse, ella, que nunca había salido de su casa. Se quedó conmigo todo el día y se marchó en el último autobús. Traía en el bolso, para no tener que ir a comer al bar, dos bocadillos, una naranja y hasta un chato de vino en un quinto de cerveza tapado con un corcho. Me sentí abochornada; mientras ella comía me di media vuelta en la cama fingiendo dormir. Debe haber estado muy preocupada por mí para decidirse a venir ella sola. Al marcharse me hizo un amago de caricia y me sentí rara, aunque no es este el adjetivo que busco, sin embargo, no encuentro la palabra exacta. Sólo sé que en esa sensación se mezclaba la vergüenza con otra cosa que no sé definir, yo, la que se convirtió en una experta en palabras para intentar comprender un mundo demasiado grande y aterrador. Se acercó y me acarició la cara con el dorso de la mano, una mano ya seca y rugosa. Noté que de pronto me ardían las mejillas. Y sólo pude pensar en todas las veces que no lo había hecho, en todas esas ocasiones en que no me había acariciado quizás habiendo estado deseándolo. No tenía ni un sólo recuerdo de contacto físico con mi madre que no fueran los dos besos protocolarios en las mejillas al saludarnos y al despedirnos.

Después, cuando se marchó, me quedé mucho rato pensando en ello, algo tan nimio en apariencia. Imaginé cuánto le debía haber costado hacerme la primera caricia, pero sobre todo pensé en cuánto le debía haber costado no acariciarme durante años y sentí piedad por ella. Las lágrimas bajaban solas por mis mejillas a pesar de mí. Comprendí cuán solas habíamos estado y seguíamos estando. Me dije a mí misma que la próxima vez que nos viéramos sería yo la que iniciara el contacto para intentar acortar aquella distancia sideral entre las dos. Cuando volvió a verme dos días más tarde pensé en cogerle la mano, pero la dureza de su gesto y de su voz me paralizaron y todo lo que había bullido en mi cabeza durante aquellos dos días de espera me pareció absurdo e infantil. La distancia se hizo de nuevo planetaria y deseé que nunca me hubiera tocado, así no tendría que sentir vergüenza de mí misma por haber querido devolverle la caricia.

CONVERSACIÓN

Mi madre no había tenido una vida fácil pero tampoco mucho más dura que la de las mujeres de su entorno. Al menos ella no había tenido que irse a trabajar al campo como muchas de las madres de mis amigas, dejando a los hijos a cargo de una hermana, de una vecina o de la hija mayor. Mi padre había heredado de mi abuelo una pequeña tienda de ultramarinos en una calle céntrica del pueblo, un lugar que, cuando era niña, me parecía misterioso y exótico, repleto de artículos provenientes de lugares remotos que yo pensaba que jamás podría visitar. Había sardinas en una cuba de madera, bacalao seco colgado de un gancho, sacos de almendras al acercarse la Navidad, capazos de esparto para recoger la oliva, sábanas El burrito blanco, detergente Bónux, estropajos de estopa, pulcras cajas de pañuelos moqueros para regalar el día del padre, pastillas de jabón Heno de Pravia... Con catorce años me mandaron interna al instituto y cuando volví meses más tarde la tienda me pareció miserable y mezquina. Cómo era posible que en algún momento hubiera podido parecerme que aquella tienducha oscura, ridículamente pequeña y desordenada tuviera cualquier remoto parecido con un bazar oriental. A mi regreso, paradojas de la perspectiva, todo, todo me parecía más pequeño y más feo y mi madre más vieja y más huraña.

Con mi padre nunca se llevó bien. Por las conversaciones entre mi madre y mis tías supe desde muy pequeña que se había casado con él por la seguridad que le daba el que tuviera tienda, eso le evitaría tener que marcharse a trabajar a la vendimia como hacían mis tías o tener que echar jornales mal pagados en el campo. Mi madre y mi padre discutían a voces por todo, hasta por lo más trivial. Las discusiones subían de tono hasta que mi padre daba un golpe en la mesa o a mi madre. Todavía me asombra que nadie pensara en que yo, a pesar de ser tan pequeña, me enteraba de todo, como si eso les diera igual. No moderaban ni las conversaciones ni las discusiones, como si pensaran que yo no comprendía su idioma. Desde bien joven supe de los problemas conyugales de mis tías, de las vecinas, de mi madre... Con los hombres era otra cosa. Yo acompañaba a veces a mi padre al bar y me traía los bolsillos llenos de frutos secos. Allí se hablaba de las bestias, de la caza, del jabalí que se había metido en un sembrado, de lindes y de dinero, hablaban mucho de dinero: rentas, arriendos, jornales. Mi padre era muy dado a querer destacar sobre los demás y exageraba la cantidad y el valor del género que tenía en la tienda. En una ocasión mi madre me vio buscando por la tienda, registrando el almacén, mirando por todos lados:

—¿Qué buscas, nena?

—Ha dicho el papá que tenemos treinta sacos de almendra.

—¿Y tú te lo has creído? Qué tonta eres. Tu padre no ha visto treinta sacos de almendra juntos en la vida. Anda que se habrán reído poco de él en el bar.

Las conversaciones femeninas tenían mucho más interés para mí, pero me encantaba que mi padre me dijera: vente, Rosario, que así te traes para la casa una botella de vino. Y yo me quedaba un rato en el bar oyendo a los hombres y comiendo cascaruja envuelta en humo de tabaco verde hasta que Venancio el del bar, me decía: «Toma Rosaflor, llévate el vino». Yo remoloneaba un rato para terminar de oír el relato en curso hasta que mi padre decía: «¡Tira, Rosario, que se te pueden tostar habas en el culo!».

Mi padre, que era brutal con mi madre, conmigo tenía cierta ternura primitiva. Quizás porque soy hija única. También quizás por eso mismo decidieron mandarme al instituto cuando acabé la escuela a pesar de que ni mis primas ni ninguna de mis amigas lo hicieron. Influyó también el hecho de que Angelita, la hija de Luis Hurtado, el dueño del autocar estudiaba en la capital y mi padre, que se sentía algo más que un simple tendero de pueblo, siempre había tenido ínfulas y aspiraba a más, no podía quedar por debajo. Mi madre también insistió mucho en que yo estudiara, pero en su caso sé que la alentaba el miedo a la miseria, ese miedo que la había llevado a unirse a un hombre al que detestaba minuciosamente. Una de las pocas cosas en la que estuvieron de acuerdo mis padres a lo largo de toda una vida juntos fue en mi educación, algo que nunca agradeceré lo suficiente a las ínfulas de mi padre y al miedo de mi madre.

VENANCIO

Venancio el del bar era sin duda el hombre más amable del pueblo y quizás, ahora que lo pienso, el hombre más amable que haya conocido en mi vida. A los niños nos solía dar un puñado de frutos secos cuando aparecíamos por allí acompañando a nuestro padre. A todos nos cambiaba los nombres. A mí me decía Rosaflor, a mi amiga Conchita la llamaba Cónchula, a los hermanos Cano les llamaba Canito y Canuto. A Paco el de la peluquera, que era sietemesino y muy poca cosa, le llamó un día Paquito Palito Finito. A Paco no le hizo gracia ninguna y le contestó: «¡Y tú venado cornudo!». Venancio no se enfadó lo más mínimo y a partir de ese día Paco fue Paco para siempre porque Venancio no pretendía molestar a nadie, al contrario, todo lo hacía con cariño.

Lo de «venado cornudo» no se lo había inventado Paco, no era tan ocurrente. Fueron las malas lenguas del pueblo. Venancio había estado casado con una mujer que le dejó por un tratante de telas que apareció varias veces por allí. Después de comprar cuatro piezas de tela para vestidos y de cambiar las cortinas de la casa, un día se fue con él y no se la volvió a ver nunca más. En palabras de mi madre, la mujer de Venancio era la más pendón del pueblo después de la Carmola.

Venancio era primo de mi madre y cuando yo iba por el bar siempre me preguntaba por ella:

«¿Qué, Rosaflor?, ¿cómo está hoy mi General?».
Se querían y compartían gran cantidad de recuerdos, aunque no podían ser más distintos.
«Hemos pasado mucho juntos» decía mi madre, lo cual significaba «hemos pasado mucha hambre». Venancio solía decirme de su prima:

—Tu madre no es una mujer, es un militar.

Cuando se veían, se daban dos besos y él a veces la cogía por los hombros mientras la miraba largo rato a la cara:

—¿Qué pasa, Venancio?

—Madre mía, qué general se ha perdido nuestro ejército. ¿Es que no puedes reírte ni un poquito, mujer?

Los comentarios de su primo nunca parecían molestarle. Toda la paciencia de que carecía para el resto del mundo estaba concentrada en aquella relación. Si por algo sentía respeto mi madre en este mundo era por la inteligencia:

—Mi primo Venancio es más listo que todos nosotros juntos.

Era verdad. Venancio era alegre y divertido, hacía la vida fácil a los demás, trataba bien a todos, grandes y chicos. Además, tocaba rumba y cantaba imitando a Peret, haciendo girar la guitarra en el aire, para regocijo de la chiquillería. Me pregunté infinidad de veces por el abandono de su mujer, no comprendía por qué una persona deja a alguien así. Mi pregunta estaba justificada. Venancio tenía un secreto, un secreto del que nadie hablaba si no era con susurros y medias palabras girando la espalda y chistando mientras se decía con premura: «¡Que hay ropa tendida!». En aquel entorno donde nadie tenía la menor delicadeza por la presencia de niños mientras se criticaba a otras personas, se hablaba de peleas, violencia y hasta de sexo conyugal a base de torpes metáforas, sin embargo, cuando una conversación en torno a Venancio no estaba relacionada con su bar, todo eran susurros y circunloquios.

LA MERIENDA

Por las tardes, cuando yo estaba en la calle jugando al elástico o a la comba o a la rayuela con mis amigas, mi madre me llamaba para que fuera a tomarme la merienda. Mis amigas se iban a su casa cuando les daba hambre y se hacían ellas solas un bocadillo de tomate o salían con un puñado de higos secos o de almendras enteras que partían con una piedra en la calle. A veces era una rebanada de pan con vino y azúcar que las dejaba sentadas largo rato en un portal mientras se les pasaba el mareo. Pero a mí, mi madre me preparaba la merienda. Yo, hija única de los tenderos, era algo así como una niña mimada. El modo de expresar la ternura de mi madre no eran los besos ni las caricias, eran otras cosas, como la merienda. Lo pienso porque quiero pensarlo, porque me gustaría que fuera así.

Del mismo modo que el contacto físico no era algo natural, hablar de temas no utilitarios era igualmente impensable. Pero en mi cabeza y en mi corazón había muchas preguntas pendientes; no eran imprescindibles, la información realmente era lo de menos. Lo que yo quería era hablar con mi madre de algo que no fuera la comida, los horarios del médico o los artículos de la tienda. Sólo quería hablar. Un día le pregunté:

—Mamá, ¿tú te casaste con el papá por lo de la tienda?

Se quedó callada como si no hubiera oído la pregunta. Desde fuera se hubiera podido creer que era simplemente el tiempo que se tomaba para dar una respuesta reflexionada. Para mí sin embargo en ese silencio se abría una sima. Creo que contuve la respiración, conocía la respuesta o eso pensaba. Sin embargo, ella no solía dar contestaciones previsibles y esta vez no fue una excepción:

—No te pienses que tu padre fue el único que se me arrimó, yo de joven era muy guapa, aunque si hubiera podido hacer mi gusto no me hubiera casado con ninguno, la verdad, con ninguno. Pero ya me dirás tú qué hacía una mujer sola en aquel entonces. Si fuera ahora, a buenas horas me iba yo a casar, para aguantar a nadie. Pero tu padre estaba allí y no era ni mejor ni peor que los otros que me pretendían.

Se quedó callada un rato y luego continuó:

—Yo pasé mucha hambre. Tú no sabes eso lo que es. Le he tenido siempre más miedo al hambre que a una nube de piedra. Cuando el abuelo no podía echar el jornal y en la tienda no nos fiaban, rebuscábamos para comer. Hasta peladuras de naranjas y de patatas hemos comido. Esto tus tías no te lo contarán. Pasar hambre da mucha vergüenza, es una vergüenza ser pobre. Una vez, tendría yo unos once años, intenté comulgar tres veces para engañar el hambre, pero a la tercera el cura me pilló y me llevó a la sacristía de una oreja. Me dio un purgante y me gritó que a Jesús sólo se le recibe por fe o algo parecido, pero no me dio pan. Estuve vomitando medio día, así que el hambre ya no la sentía. En fin, hija, con tu padre la vida no ha sido fácil, eso ya lo sabes, pero así son las cosas.

Comprendí que el rigor de aquella nube de piedra que ella sentía cernirse sobre su cabeza convirtió en piedra el cielo entero, convirtió en piedra su futuro y luego la convirtió en piedra a ella misma.

EL SEÑOR CURA

Mi madre era una mujer de rencores prolongados. Jamás perdonó al cura aquel e hizo extensible su rencor a todo lo relacionado con la religión. Sólo pisaba una iglesia por estricta fuerza mayor. Esto le trajo algún que otro problema, no era fácil vivir al margen de las costumbres religiosas en un lugar tan pequeño. Un día se presentó en nuestra casa un párroco joven, recién llegado al pueblo, revestido de toda la autoridad que, pensaba, su cargo le confería, para conminarla seriamente a regresar al seno de nuestra Santa Madre Iglesia. Pero ella no tenía freno y nunca, nunca medía el alcance de sus palabras:

—Esa será la madre de usted, la mía está enterrada desde hace dieciocho años. Así que, como yo no voy a decirle a usted a donde tiene y no tiene que ir, hágame el favor de no darme órdenes, que yo a usted no lo conozco de nada, y de ir saliendo de mi casa para no volver a pisarme los portales.

A mi padre le dio un ataque de pánico cuando se enteró. Entró en un silencio hosco y estuvo varios días rumiando entre dientes las repercusiones que aquello podía tener. Ya veía al teniente de la guardia civil en la casa pidiendo explicaciones sobre el tratamiento dado a la autoridad eclesiástica; ya se veía señalado por todos y ninguneado por no ser capaz de meter a su mujer en cintura; ya se veía expulsado de la cofradía de los Adoradores Nocturnos de Nuestro Padre Jesús. Y a mi madre aún le parecía que se había quedado corta, porque aquello de presentarse en casa ajena a decirle a la gente lo que debía hacer era de no tener educación ni vergüenza siquiera. Sin embargo, aquella visita no tuvo absolutamente ninguna consecuencia. Nadie más que nuestra familia y el propio párroco supo de aquella conversación. Imagino que el cura decidió que, dada la imposibilidad de prosperar en su empeño, era mucho más conveniente que el hecho no trascendiera. A partir de ahí, cuando el hombre venía a la tienda, se trataban con toda corrección y frialdad:

—Buenas tardes, Catalina.

—Buenas tenga usted.

Lo que realmente asustaba a mi padre era la falta de miedo de mi madre, que sólo temía al hambre y no se plegaba ante ninguna autoridad.

Las discusiones con mi padre normalmente terminaban con un golpe, uno sólo, de mi padre. Mi madre no soltaba una lágrima, no hacía un gesto, no rechistaba y quien parecía haber salido perdiendo la pelea era mi padre. Con el paso de los años él iba rehuyendo la discusión y volviendo de la tienda o del bar cada vez más tarde. Imaginé que no quería volver a sentir la impotencia de perder cada batalla.

ROSAFLOR

Cuando me la entregaron mi hija era un trocito de vida palpitante poco más grande que la palma de mi mano. Cualquier ropita que le pusiéramos le quedaba enormemente grande.

—Parece un odre vacío —dijo mi madre.

Lejos de molestarme, me hizo gracia. Algo que siempre había apreciado en ella era la tremenda plasticidad de su modo de hablar. Me gustaba quedarme escuchando a las mujeres y también a los hombres, ya lo he dicho antes. Era capaz de apreciar en cada uno una manera completamente distinta de expresarse, era capaz incluso de encontrar las concomitancias en el habla entre personas de la misma familia, los giros y las expresiones se parecían, también los gestos. Era capaz de encontrar los parecidos en el habla de la gente según el pueblo y hasta según el cortijo de donde venían. En mi cabeza se elaboraban esquemas de palabras, giros y expresiones. Sin embargo, no había nadie, ni hombre ni mujer, que hablando tuviera la chispa, el verbo afilado, la palabra precisa que tenía mi madre. La palabra de mi madre, la palabra. Era su refugio y su defensa, su escudo y su espada.

—Ésta va a ser como el Paco el de la peluquera.

No me gustó nada el comentario. No quería que las definiciones condicionaran a mi hija como me habían condicionado a mí.

—Pues no, mamá. Del Paco no se ocupó nunca nadie como él necesitaba y por eso se quedó el pobre tan escuchimizado. Pero con mi hija eso no va a ser así, de eso ya me encargo yo.

—¿Y cómo dices que le vais a poner?

—Rosaflor

—Tú estás loca y mi primo más. Vaya un nombre, ni que fuera un dibujo animado.

No se callaba ni cejaba. Así era ella. Había que cambiar de conversación para evitar el vapuleo.

EL PODER CREADOR DE LA PALABRA

Aún no lo he dicho. Yo trabajo en una editorial. Una de mis labores es leer manuscritos, corregirlos y hacer informes de lectura, además de diversas tareas de promoción y acompañamiento de los autores, que es lo que más me gusta. Dije al principio que me había hecho una experta en palabras para intentar comprender el mundo. Por eso tengo este trabajo. Me hubiera encantado poder escribir, pero no tengo talento. En cambio, tengo un ojo infalible para los buenos textos, es fruto de un entrenamiento de años. Identifico de inmediato aquello que tiene calidad, que no suele ser lo que más vende. Cualquier libro de recetas hecho con recortes de otros libros y ordenado de forma diferente (cocina regional, cocina de estación, recetas de la abuela...), es venta asegurada. La temática infantil es muy agradecida también. Y por supuesto la autoayuda. Sin embargo, a los poetas solo los leen otros poetas. Yo quería comprender el mundo de las palabras, quería saber cómo era, quería saber por qué si mi madre me decía: «Eres lenta», entonces yo era lenta. Por qué cuando definía a otras personas: a mi abuela Matilde, a la que no conocí, a mis tías, a los clientes de la tienda... era como si su palabra los creara y les diera un carácter. Existían conforme a la palabra de mi madre. También de mi padre y mis mayores, pero era la palabra de mi madre la que tenía para mí verdadero poder creador. A mí, su única hija, me hizo un traje de palabras y me tuve que ajustar a él: *a Rosario le gusta estudiar, pero es muy miedosa; no sabe hacer nada con las manos, todo se le cae; ojalá que saque una carrera porque si no, no sabemos de qué va a vivir.* Ahora comprendo que podía haber hecho cosas distintas, podía haber viajado, haber practicado deportes, haberme arriesgado, haber hecho locuras como cualquiera..., pero mi madre me decía que yo para eso no servía. Y no servía. Y yo ahorraba energía y me concentraba en aquello que se me valoraba. *Rosario saca buenas notas, a lo mejor será maestra.* Y Rosario no abandonaba el camino que la palabra había creado para ella. *Muy guapa no es, a la madre no ha salido ni a la abuela.* Y Rosario se encerraba en la biblioteca donde todo era cálido y seguro y donde a nadie le importaba su cara llena de pecas como un huevo de pava. Mi madre creaba el mundo al nombrarlo. Y yo habitaba el mundo que ella había creado.

Con motivo del centenario de su nacimiento, la editorial ha sacado una antología de Neruda. Yo me he encargado de la introducción. He leído todo lo que he encontrado disponible sobre su vida, pero no todo lo que la lectura me ha sugerido lo puedo escribir en la introducción. Pienso en la palabra y pienso en el olvido. Neruda le dio un nombre a su hija, Malva Marina, un nombre hermoso y lírico como le correspondía al gran poeta. E inmediatamente después la olvidó para siempre. Él, el creador de palabras, no le dedicó ni una a su hija. De esa niña que nació con hidrocefalia dijo el poeta que no era más que un punto y coma, no una palabra, sólo un signo ortográfico. Cabe mayor mezquindad en él, perito en lenguaje, no dedicarle ni una sola palabra a su propia hija. Sabía bien que el silencio convoca al olvido y que el olvido niega la existencia. Y era lo que él quería, que esa niña no existiera.

Mi madre era inflexible, implacable. A mí jamás me puso la mano encima, pero los golpes de sus palabras me dolían más que los ocasionales azotes que pudo darme mi padre. Las palabras de mi madre me dolían durante años porque me definían. Yo era lo que ella decía que yo era. Si me llamaba inútil yo era inútil, si ella decía que yo era una atolondrada, yo me volvía atolondrada. Durante años he intentado comprenderla, pero no sé si ella ha intentado alguna vez comprenderme a mí.

Mi vida ha carecido de épica, esa épica que engrandecía su vida hasta convertirla en una figura gigantesca y cuya trayectoria me abrumaba. He leído recientemente que «todas acabamos pareciéndonos a nuestras madres». Pero en mí se daba una contradicción desgarradora: deseaba ser la mujer resolutiva y segura de sí en la vida que ella era. Pero al mismo tiempo no quería ser para mi hija ese modelo de madre. Paradójicamente sabía que me era casi imposible llegar a ser la mujer valiente pero no estaba segura de no convertirme en la madre nociva que también era ella.

LA SANGRE

De mi garganta salió un grito que no pude re-
conocer como mío. Incluso ahora en el recuerdo
me parece que no soy yo la que grita. Estaba
terminando de hacer la maleta, al día siguiente
tenía que coger un avión con destino a Bélgica;
la editorial para la que trabajo quería que acompañara a una joven escritora a un encuentro de
novelistas en Gante. La chica estaba un poco
abrumada por todo lo que le estaba pasando,
sólo tenía veintitrés años y mi editor quería que
fuera la Françoise Sagan española, aunque creo
que la estaba sobreestimando. Ella también lo
creía. Al ir a ponerme el pijama sentí un dolor
intensísimo, no me habían dicho que las con-
tracciones fueran a ser tan prolongadas. Estaba
embarazada de seis meses y tres semanas. Con
el dolor, el grito que salió de mi garganta no era
mío, venía de más antiguo, venía de siglos atrás
empujado por el tiempo, por la naturaleza, por
la sangre, por la prisa de mi hija en nacer. No
podía retenerla, no podía contener la vida preci-
pitándose como un río. El miedo mío era inabar-
cable. Carlos estaba en la cocina y vino corriendo, yo estaba sentada en el suelo con la espalda
apoyada en la cama y los ojos fijos en mi sangre.
Me cogió una mano y llamó a urgencias. Me dejé
llevar. Los servicios médicos no tardaron mucho
según cuenta Carlos, a mí la verdad es que se
me borraron de la memoria varias horas, casi
un día, supongo que es un mecanismo de defen-

sa para que el pánico no nos haga enloquecer. Yo había leído mucho sobre embarazo, lactancia, educación, pero ninguna de mis lecturas me había preparado para esto. Tuve miedo por mí y tuve miedo por mi hija, pero mucho más por mí porque creía que me moría.

El miedo, ese miedo que me había acompañado toda la vida se hizo carne, se volvió físico, me envolvió entera.

Pienso en mi madre que parió sola en mi casa, en el corral que había en la parte de atrás…; era enorme y tenía en el centro dos higueras, una grande, de higos pajareros y otra de verdales. Al fondo del todo, pegado a la tapia trasera estaban los gallineros y la cochinera. Mi madre estaba sola y había ido a echar de comer a las gallinas cuando le sobrevino el parto. Se acomodó debajo de la higuera grande y me trajo al mundo en completa soledad. Sin cortar el cordón umbilical, me tomó en brazos y me envolvió en el delantal. Acababa de cumplir veintidós años. Yo tengo treinta y siete, y en el informe del ginecólogo dice que soy «primípara añosa». Cuando llegó mi abuela a la casa mi madre estaba sentada debajo de la higuera amamantándome, ambas unidas aún por el cordón umbilical.

En su relato del parto no hay miedo. O no lo tenía o lo ha olvidado. En lo que mi madre cuenta solo hay determinación y la vida abriéndose paso. Ya he podido comprobar que la vida no pide permiso, que la vida es más fuerte que nosotras y que nuestro miedo. Y sin embargo a mí el miedo no se me acaba. Cuando pienso en que si mi hija se llega a esperar unas horas hubiéramos estado en un avión sobrevolando Europa. Ella no hubiera sobrevivido y puede que yo tampoco.

EL FRÍO

Carlos suele ir con sus amigos a esquiar. Siempre ha querido que le acompañe, pero a mí el frío no me parece divertido. Comprendo bien la parte festiva de la actividad, pero en mi recuerdo la sensación de frío está indisolublemente unida a malestar y también, cómo no, a soledad. Estuvimos en una ocasión en La Plagne donde un socio suyo tiene un apartamento y yo me pasé los tres días encerrada, leyendo y mirando por la ventana, la nieve tiene algo hipnótico. No fue desagradable, pero Carlos quiere esquiar y le gustaría compartir lo que hace conmigo. Yo en eso no puedo acompañarlo y prefiero que se vaya con sus amigos.

Cuando empieza a nevar hay calma y silencio, el silencio de la nieve da frío y cuando todo está cubierto de blanco hay más silencio aún. Todo se calla, la vida parece aplazar todas sus urgencias, la soledad desciende sobre la tierra blandamente. Hay una belleza profunda en todo. Pero eso es aquí, en este hermoso entorno domesticado y lúdico porque en mis recuerdos, con nieve todo se vuelve dureza: ir a buscar leña, salir a alimentar al ganado, ir al colegio caminando sobre nieve sucia. Y el frío, el frío que no se acaba nunca.

No recuerdo pasar calor siendo pequeña. En una ocasión estaba yo sentada en el portal de una vecina, debía ser agosto, cerca del mediodía porque ella venía con la compra. La vecina me vio allí, al sol y, mientras varios hilos de sudor resbalaban por su cuello hasta desembocar en el escote, me preguntó:

—Rosario, ¿tú no tienes calor?

—No —le dije.

Y me quedé un rato pensando qué era aquello que ella sentía y yo no. No creía conocer la sensación. Sin embargo, siempre tenía frío. Recuerdo mi infancia y aún me da frío. En aquella tienda oscura y helada tiritaba limpiando el polvo de los estantes. Camino de la escuela por la mañana temprano pisábamos a veces charcos congelados por el gusto infantil de ver como se resquebrajaba la fina capa de hielo. En la escuela, doña Loli me regañaba blandamente por no quitarme los guantes y yo entonces me los quitaba y escondía las manos dentro de las mangas. Pero en la cocina de mi casa, donde hacíamos vida (el salón era un lugar inhóspito reservado solo a las visitas) siempre había un brasero que mi madre alimentaba diligentemente desde que empezaba noviembre hasta que acababa marzo. Cada mañana, antes de ninguna otra tarea, retiraba de la ceniza fría un puñado de carbones sin quemar que volvía a poner en el brasero de manera que, igual que hacía la abuela Ramona de Alfanhuí, iba enhebrando los días en un hilván de ceniza. Así, en aquella cocina hacía siempre, siempre un calor confortable y tierno como un abrazo, un calor suave que daba sueño y ponía rosetas en las mejillas. Supongo que aquello era también, igual que la merienda, ternura de mi madre.

EL CABALLO

—Gente sin alma, Rosario, me dijo mi padre aquel día.

De camino a la escuela pasaba por delante del terreno de un vecino al que llamaban el Ministro. Tenía un pequeño huerto donde cultivaban pimientos, tomates y berenjenas en verano; habas, coles y alcachofas en invierno. Acumulaban en los laterales, pegado a la valla, todo tipo de chatarra que iban recogiendo por ahí: trozos de uralita, hierros y cables, puertas viejas, baúles desvencijados, escombros, todo se amontonaba allí a la espera de poder servir algún día para algo aún por determinar. El conjunto daba una impresión de suciedad, dejadez y abandono sin límites. En un pequeño apartado hecho con somieres viejos había un caballo castaño. La belleza de aquel animal en medio de tanta inmundicia era a la vez emocionante y dolorosa.

No había una cuadra, ni un techado, ni un mísero árbol donde el caballo pudiera buscar sombra en verano o refugio contra el frío en invierno. Aquel día, cuando salimos de la escuela estaba lloviendo a cántaros. Al pasar por delante del huerto del Ministro vi al caballo bajo la lluvia, los cuatro cascos clavados en el barro, el lomo empapado, la noble cabeza abatida, casi rozando el fango, el oscuro flequillo chorreando agua. Llevaba horas bajo el aguacero; le quedaban muchas horas más. Me quedé un rato mirándolo agarrada a mi paraguas negro. Para mí, aún hoy, ese caballo es la estampa viva de la tristeza. Conchita me llamó desde lejos:

—¡Venga Rosario! ¿Qué haces?

Llegué a mi casa con todas las lágrimas atascadas en la garganta.

Mi padre estaba al lado de la lumbre, secándose los pantalones porque había salido bajo la lluvia a meter leña; de la hoguera se desprendía una nube de humo blanco.

Le hablé del caballo y no he olvidado sus palabras, que me vienen a la mente ante cualquier injusticia: gente sin alma. Cómo le agradecí la atención con que escuchó mi relato de niña.

Durante muchísimo tiempo y para desesperación de Conchita, los días que hacía malo, daba un rodeo para no tener que ver al caballo. Un día pasé por allí y ya no estaba, seguramente lo habían vendido, pero el recuerdo de su belleza y su abandono permanecía para mí en mitad del huerto.

LA SOLEDAD

A veces me cruzo en los aeropuertos, entre las multitudes, con la que fui de joven, triste y presurosa, hace ya tanto tiempo, tan sola. Siempre me he sentido sola, no sé si les pasa también a los niños que tienen hermanos. En mí la soledad ha sido prácticamente una condición que la llegada de Carlos a mi vida y ahora de mi hija han venido a matizar, pero no a eliminar porque es algo que ya forma parte de mí para siempre.

Mi padre murió debajo de la misma higuera donde mi madre me trajo al mundo. No lo cuento casi nunca porque siento un pudor extraño ante ese juego de simetría en que la vida y la muerte decidieron unirnos a mi padre, a mi madre y a mí. Creo que al contarlo se banaliza de algún modo el hondo significado que aquel hecho tuvo en mi vida, por el escenario, por el modo en que se produjo y porque me dejó aún un poco más sola.

Fue algo tan tragicómico como sólo puede serlo la propia vida. Cada vez que mi padre pasaba por debajo de la higuera una de las ramas le arrancaba la gorra. Él se deshacía en palabrotas de legionario y amenazaba con cortar la rama de un hachazo. Y aquel día lo hizo. Cuando mi madre empezó a buscarlo, preocupada por su tardanza, lo encontró con la espalda apoyada en la higuera, con la gorra en la mano crispada y cerca de él, la rama amputada y el hacha. Había sufrido un infarto fulminante. El médico dijo que en un caso como aquel habría que hacer una autopsia. Quizás su autoridad hubiera bastado para ejecutar aquella decisión, pero se topó con la negativa de mi madre como un muro y no insistió, o quizás nunca tuvo verdadero interés y le bastó esa negativa para cejar en el empeño. En cualquier caso, mi madre era de nuevo y como siempre una mujer dura y decidida a los ojos de todos. Yo tuve que volver precipitadamente de un viaje por Alemania. Cuando llegué a mi casa me la encontré con el semblante más serio y solemne de lo habitual, que ya era mucho. Pero ni un gesto, ni una lágrima. Nadie esperaba de ella grandes demostraciones de dolor, primero porque todo el mundo sabía lo mal que se habían llevado siempre y segundo y más importante, porque no era su estilo en absoluto. Hizo la transición a la viudedad como lo hacía todo: con decisión y sin desgastarse en fingir emociones que no sentía. Y aunque yo tampoco esperaba ni quería expresiones de falsos sentimientos, su frialdad me dejaba espantosamente sola con mi dolor.

LA CHACHA NENA

Así la conocía todo el pueblo y aunque intenté averiguarlo años después nunca llegué a saber su procedencia. Siempre buscaba la compañía de niños, no porque nos quisiera (a unos nos tenía estima y a otros una antipatía maniática) sino porque nos consideraba sus iguales. Ella misma parecía una niña vieja: delgada, menudita, carita infantil, moñetes en el pelo, falda tableada por la rodilla, calcetas y zapatos merceditas, a pesar de sus más de sesenta años. Solía vestir con ropas desechadas por niñas de pueblo que se habían hecho grandes, cosa que nunca le pasó a ella. Desde que tenía doce o catorce años había estado a cargo de los niños pequeños de las familias más pudientes del pueblo, que no es que fuera mucho decir. No tenía a nadie y seguía visitando las casas de los niños a los que había criado, que ya eran adultos. Siempre había para ella un plato de comida y mucha falta de respeto. Tenía la Chacha Nena cierto retraso que sin embargo no la incapacitaba y al mismo tiempo hacía gala de una malicia que podía haber pasado muy bien por inteligencia. Sin que nadie se lo hubiera dicho, cuando uno de sus tutelados pasaba la adolescencia empezaba a llamarlo de usted; ellos sin embargo siempre la tuteaban y nadie se molestó jamás en averiguar su nombre.

A la Chacha Nena lo que más le gustaba en el mundo era el chocolate caliente y jugar

a la rayuela. En cuanto veía a un grupo de niñas dibujando una cuadrícula con un palo en
la tierra, se quedaba rondando por allí, ha-
ciéndose la encontradiza. A veces la llamábamos, sobre todo si el equipo no estaba completo: «Chacha Nena, vente, que nos falta una».
Otras veces, las más, la espantábamos de
malos modos: «tira por ahí, no queremos que
te juntes». Y eso que la Chacha Nena era la
mejor a la rayuela, hasta tenía su propio tejo,
que era buenísimo. Cuando a las demás niñas
nos llamaban nuestras madres y nos teníamos
que ir a cenar, ella se quedaba en la calle tirando el tejo y saltando incansable a la pata
coja mientras empujaba el trozo de ladrillo o
la piedra plana sobre la cuadrícula, hasta que
se quedaba sin aliento y se alejaba sobándose
las rodillas doloridas en dirección a su casa. Si
había una competición seria, todas queríamos
llevarla en el equipo, pero si jugábamos para
pasar el rato y por pura diversión, entonces no
porque la Chacha Nena tenía un defecto muy
grande: era una tramposa. Si le gustaba jugar,
más le gustaba hacer trampas. Una de las más
recurrentes la ponía en práctica cuando estábamos en cuartas, o sea, en la ronda ciega. La
niña que jugaba tenía que saltar de cuadrado
en cuadrado empujando el tejo con los ojos cerrados mientras preguntaba: «¿piso?» Y las demás a coro contestábamos: «¡Naranja!», y otra
vez: «¿piso?», «¡naranja!», salvo si pisaba la
raya, que entonces decíamos: «¡limón, limón,

limón!». La que pisaba la raya perdía el turno, claro está. Pero la Chacha Nena siempre procuraba abrir un ojo y por ahí no pasábamos ninguna. Ella quería ganar siempre y de ello se derivaba más de una rencilla y alguna que otra pedrada. Y había que tener en cuenta que ella tenía una puntería certera para atinarnos con la piedra en mitad de las costillas; mientras nosotras disparábamos a lo loco y se nos iba el rato en lanzar una granizada de guijarros que ni se acercaban al objetivo, ella sin embargo lanzaba sin alterarse y casi cada piedra hacía diana. Apuntaba entre las costillas porque no quería hacer herida, aunque con su puntería no le hubiera costado mucho. Pero más de una madre la había enganchado del moño al recibir al hijo o hija sangrando por la ceja o el cuero cabelludo. No es que a la Chacha Nena le faltaran ganas de hacer daño, es que no se atrevía.

La otra cosa que le encantaba era el chocolate caliente. No era frecuente, claro, pero si alguien quería hacerla feliz de verdad no tenía más que invitarla a chocolate. A veces venía por casa a hacer pequeños trabajos: limpiar el corral, partir la almendra, sacudir los colchones... Cuando terminaba, mi madre le daba un duro y una taza de chocolate. La Chacha Nena procedía a tomárselo de un modo que era a la vez hipnótico y exasperante: con la cuchara llena hacía un rápido círculo alrededor de la boca, pintándose los labios. Entonces con la lengua describía otro círculo en sentido contrario y se los limpiaba. Y así una y otra vez hasta terminar con la taza lo cual le podía llevar largo rato. Después pasaba el dedo por las paredes y el fondo de la taza hasta que el único rastro de chocolate que quedaba era un fino círculo marrón alrededor de su boca arrugada. Mi madre, que no se caracterizaba precisamente por tener paciencia, se desesperaba con aquello y le gritaba:

—¡Chacha Nena, o te tomas el chocolate o me llevo la taza! ¿No ves que lo que haces es una guarrada?

Ella entonces daba unos sorbos largos como suspiros y en cuanto mi madre se descuidaba volvía a la carga. Era mujer de costumbres arraigadas.

Un día le pregunté:

—Pero vamos a ver, ¿tú por qué te tomas así el chocolate?

—Pues para que me dure más, Rosario, vaya una pregunta.

Todavía hoy la Chacha Nena ayuda a mi madre en la casa. Ahora parece una pequeña momia viva, con la cara como una tortuga centenaria, pero con una extraña vitalidad infantil.

He querido hacerle un regalo:

—Chacha Nena, te compro ocho o diez paquetes de cacao y así te haces tú chocolate siempre que quieras.

—No, no, qué va. Yo no me preparo chocolate. A mí lo que me gusta es que me conviden.

La Chacha Nena y su respeto por el ritual.

Ha conocido a mi hija. Estaba durmiendo, arropada en su cuna de viaje, respirando plácidamente, los puños apretados cerca de la carita mínima. La ha mirado mucho rato con sus ojillos de roedor y me ha dicho: «dale bien de comer, Rosario, que no se quede como yo».

EL NUDO

—No lo cuentes, no quiero sentir el nudo.

Yo no quería que mi madre contara aquellas historias como esa en la que una niña era cedida a una pareja sin hijos a cambio de un burro. Y lloraba porque quería volver con su padre y su madre y con sus hermanos y hermanas. Quería volver a sentir frío rodeada de aquellos con los que había crecido. Lloraba todo el camino subida a una burra que la alejaba de su familia. Lloraba cuando se acordaba de su hermana pequeña a la que siempre llevaba a horcajadas y sentía el vacío de aquel pequeño cuerpo junto al que dormía. Lloraba cuando su nueva madre le ponía un vaso de leche templada y echaba de menos pasar hambre junto a los suyos. Lloraba con cada vaso de leche. Tenía siete años.

Yo no quería oír esa historia como tampoco quería oír aquella otra en que una niña era cedida a otra madre sin hijos del mismo barrio. La niña volvía la cara cada vez que se cruzaba con su madre biológica, para no verla. Su familia nueva tenía un puesto en el mercado. Si la madre biológica se paraba en su puesto a comprar, la niña apretaba los ojos con obstinación. Y fue así todos los años de su vida, incluso cuando la niña creció y se casó y tuvo sus propios hijos.

—Mamá, no cuentes esas historias que siento el nudo.

—Y el nudo qué es.

—Un peso aquí —señalándome el centro del pecho— y arena en los ojos, mamá.

ARRUGAS

Ahora me doy cuenta, me encanta su cara vieja, las cicatrices del tiempo en su rostro anciano, las arrugas de su frente como las ondas que dejan las olas en la arena, el cabello blanquísimo recogido en un moño limpio y estirado. Qué hermosas sus arrugas, los ojos sabios rodeados de pliegues, los pómulos afilados, las mejillas hundidas, el mentón arrugado, el rostro donde el tiempo, a veces amable y a veces cruel, ha ido depositando sus huellas definitivas, la orografía de una vida. Me hubiera gustado recorrer su rostro con mis dedos, pero nunca me he atrevido. Tantas arrugas, tantas canas, tantas historias que el paciente transcurrir de los días ha ido cincelando sobre su piel. Qué bello su rostro anciano, con toda su hermosa dignidad.

La Fea Burguesía
— EDICIONES —

Este libro, *La sombra del perro*,
se acabó de imprimir
en septiembre de 2024